Juni '80

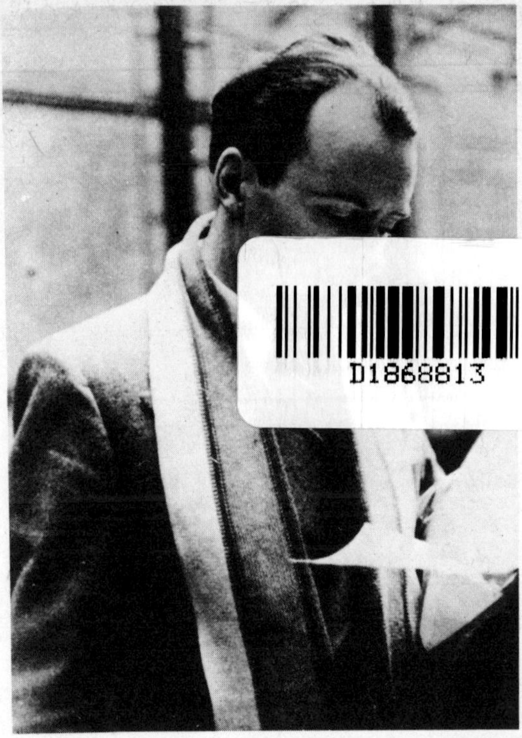

D1868813

KLAUS MANN (1906–1949)
Foto: Klaus Mann Archiv, München

Thomas Mann schreibt 1933 seinem ältesten Sohn Klaus zum Erscheinen von dessen „Mephisto":

„Die besten und bedeutendsten Momente in Deinem Roman sind vielleicht die, wo die Idee des Bösen vermittelt und gezeigt wird, wie der komödiantische Held seine Sympathie dafür entdeckt, und sich ihm dann verschreibt. Es ist eine richtige Teufelsverschreibung. Daß es den Teufel wieder gibt, ist schon was wert für die Dichtung."

Dieses „Böse" hatte Klaus Mann bereits am 13. März 1933 veranlaßt, Deutschland den Rükken zu kehren und ins Pariser, später ins amerikanische Exil zu gehen. Die zwölf Jahre der Emigration widmete er menschlich wie künstlerisch ganz dem antifaschistischen Kampf. Erst 1945 sollte er als amerikanischer Kriegsberichterstatter in seine Heimat zurückkehren, in der er allerdings bis zu seinem Freitod am 21. Mai 1949 nicht wieder heimisch werden konnte.

MEPHISTO

von Ariane Mnouchkine

geschrieben für das Théâtre du Soleil
nach Klaus Mann
„Mephisto, Roman einer Karriere"

Mit 50 Abbildungen

edition spangenberg

Redaktion
und
deutsche Übersetzung
von
Lorenz Knauer

Titel der französischen Originalausgabe:
MEPHISTO
Le roman d'une carrière
d'après Klaus Mann
© Editions Solin et Théâtre du Soleil 1979

Die Rechte der Aufführung, des öffentlichen Vortrags durch Berufs- und Laienbühnen und der Übertragung durch Hörfunk, auch einzelner Teile, durch die Stefani Hunzinger Bühnenverlag GmbH, Am Zollstock 18, 6380 Bad Homburg

edition spangenberg im Ellermann Verlag, München 19
© 1980 Verlag Heinrich Ellermann, München
Alle Rechte, auch das der photomechanischen Vervielfältigung und des auszugsweisen Abdrucks, vorbehalten.
Printed in Germany. ISBN 3-7707-0203-4

INHALT

THEATER UM MEPHISTO

Vorwort des Verlegers

Es war ein Zufall, der Ariane Mnouchkine in einer pariser Buchhandlung die französische Ausgabe von „Mephisto" in die Hand gab. Bereits die Lektüre des Klappentexts des erstmals 1936 in der Emigration erschienenen Romans von Klaus Mann erweckte in ihr den Wunsch, aus diesem Stoff ein Schauspiel zu machen, die Geschichte eines „ruchlos brillanten, zynisch rücksichtslosen", auf seine Karriere versessenen Schauspielers, der es unter den Nazis zum Staatsrat und Generalintendanten bringt. Am Roman interessierte sie nicht so sehr das spezifisch Deutsche, vielmehr faszinierte sie die Fähigkeit Klaus Manns, allgemeingültig den Typus des Mitläufers zu zeichnen. „Einen", wie ihn Hermann Kesten charakterisiert, „aus der Million von kleinsten Mitschuldigen, die nicht die großen Verbrechen begehen, aber vom Brot der Mörder essen, nicht Schuldige sind, aber schuldig werden; nicht töten, aber zum Totschlag schweigen, über ihre Verdienste hinaus verdienen wollen und die Füße der Mächtigen lecken, auch wenn diese Füße im Blute der Unschuldigen waten. Diese Millionen von Mitschuldigen haben ‚Blut' geleckt. Darum bilden sie die Stütze der Machthaber."

Angeregt, ja beunruhigt hat Ariane Mnouchkine, wie sie selbst sagt, die Aktualität des Themas für ihr Land. Indem sie den Stoff auf die Bühne brachte, hat sie Klaus Mann die Gerechtigkeit widerfahren lassen, die ihm in Deutschland bis heute versagt ist.

Die Vervielfältigung und Verbreitung des zugrundeliegenden Romans ist seit 1965 in der Bundesrepublik Deutschland – nicht in der DDR, in Österreich und der Schweiz – verboten.

Als Verleger des Schauspiels wie des Romans – 15 Jahre nach dessen Verbot – wage ich die Voraussage, daß sich der Roman nach der dramatischen Bearbeitung durch Ariane Mnouchkine von der Fessel des Verbots befreien wird, in die ihn das Urteil des Bundesgerichtshofs gelegt hat.

Eine der sachkundigsten Beurteilungen des Romans stammt
 von W.F. Schoeller (Kindlers Literatur Lexikon im dtv Bd. 14,

1974). Teile daraus seien hier zitiert, weil sie den Inhalt des Romans, seiner Absicht und seiner Stellung innerhalb der Emigrationsliteratur, aber auch in die Gründe und den politischen Hintergrund des Verbotsurteils einführen:

„MEPHISTO. Roman einer Karriere. Mit der Vorbemerkung, daß „alle Personen dieses Buchs . . . Typen, nicht Porträts" darstellen, wehrte sich Klaus Mann bereits beim Erscheinen des Romans gegen eine Leseart, die Thema und Ziel der Satire im vordergründigen Bereich privater Auseinandersetzung sucht. . . Nicht biographische Materialien an sich interessieren, sondern ihre künstlerische Stilisierung, ihre Integration in eine sarkastische, an repräsentativen Figuren entfaltete Zeitkritik. Katalysator dieser Zeit ist Hendrik Höfgen, der deutlich Züge Gustaf Gründgens' trägt; um ihn sind gruppiert Theophil Marder, der hysterische bürgerliche Gesellschaftskritiker (er ist dem späten Carl Sternheim nachgebildet), die exzentrische Nicoletta von Niebuhr, Marders Geliebte und spätere Frau, deren biographische Modelle in Marianne Hoppe, der zweiten Frau von Gründgens, und Pamela Wedekind, der zeitweiligen Verlobten Klaus Manns und dritte Frau Sternheims, zu suchen sind, schließlich die künstlerische Rivalin Höfgens, Dora Martin, die an Elisabeth Bergner denken läßt, und der an Max Reinhardt erinnernde berühmte „Professor", der Herrscher über das Wiener und Berliner Theaterleben. . .

Der Roman sucht, trotz aller kolportagehaften Spannungselemente, die Psychologie der vorbehaltlosen „komödiantischen" gesellschaftlichen Anpassung darzustellen, jene masochistische Hörigkeit, die – nach Klaus Mann – die Herrschaft des Faschismus ermöglichte und den Typus des intellektuellen Mitläufers prägt. Der Autor verschärfte damit traditionelle Elemente der von Heinrich Mann vor allem im UNTERTAN (1914) ausgebildeten bürgerlichen Gesellschaftskritik, die die politische Analyse aus der Thematik von Herrschaft und Sexualität entwickelte. Als Korrelat dazu fungieren bei Klaus Mann Macht und Geist. Dieser Antagonismus geriet ihm jedoch allzu schematisch: Die faschistischen Machthaber, der „Reklamezwerg" Goebbels und der „Fliegergeneral" Göring sind nur plakativ gezeichnet, die politischen Möglichkeiten der intellektuellen Exilanten werden überbewertet. 1935, zur Entstehungszeit des Romans, war das Selbstverständnis Klaus Manns wie der meisten Exilanten von gegensätzlichen Motiven bestimmt. Die unmittelbare Aktion gegen einen Faschismus, der weitgehend noch als eine sich selbst korrumpierende, rasch besiegbare Macht angesehen wurde, zwang zu einem vielfach kolportagehaften, plakativen Realismus; die immer schärfere Erkenntnis Klaus Manns, daß sich das NS-Regime konsolidierte, verschob jedoch schon den literarischen Akzent auf die intellektuelle Klärung der Ursachen und der Genesis des Faschismus. Der Roman steht damit deutlich im Schnittpunkt dieser Bewußtseinsveränderung und ist ein wesentliches Dokument der Exilliteratur. – Die Verbreitung des Romans ist seit 1965 in der Bundesrepublik auf Antrag von Peter Gorski, dem Adoptivsohn von Gustaf Gründgens, durch ein Gerichtsurteil (im März 1968 formaljuristisch in letzter Instanz von Bundesgerichtshof bestätigt) verboten. In nachträgli-

cher Rechtfertigung der Gründgensschen Haltung wurde die Verbreitung in der Annahme untersagt, daß ‚die Allgemeinheit . . . nicht daran interessiert (sei), ein falsches Bild über die Theaterverhältnisse nach 1937 aus der Sicht eines Emigranten zu erhalten'. *Das Urteil unterschlägt das Moment von Kunst, von bewußter Fiktion und Stilisierung im Roman und unterstellt ihm eine Intention, über die er sich gerade erhebt: positivistische Reproduktion bloßer Fakten zu sein."*

Seit meinem ersten Besuch in Vincennes mit dem bewegenden Erlebnis der Aufführung von „Mephisto" durch das Théâtre du Soleil beschäftigt mich der Gedanke, daß hier gleichsam ein Lehrstück für uns und für die Richter geschrieben wurde: Mit den Mitteln des Theaters die Bewußtmachung des Politischen des Stoffes als „Trauerarbeit" einer nichtdeutschen Regisseurin.

Der „Mephisto"-Prozeß war in allen vier Instanzen (1964-71) ein politischer Prozeß, schon deshalb, weil der 1935-36 verfaßte Roman politisch durch und durch ist. Die Richter, die über den „Roman einer Karriere" vor und zu Beginn des Dritten Reichs zu entscheiden hatten, richteten auch über ihre eigene Vergangenheit. Nur die Richter der 1. Instanz (am Landgericht Hamburg) hatten die Chance, jung genug zu sein, um nicht im Schatten der Vergangenheit zu stehen. In den weiteren Gerichtsinstanzen hatte die Freiheit der Kunst hinter den Schutz einer (verstorbenen) Persönlichkeit zurücktreten müssen. Auf das endgültige Verbot des Romans hin durch den Bundesgerichtshof (1968) sah der Verlag keinen anderen Weg, als beim Bundesverfassungsgericht Beschwerde einzulegen.

Drei der sechs Richter schlossen sich den Argumenten unserer Verfassungsbeschwerde an, drei waren dagegen. Durch das entstandene „Patt" galt die Beschwerde als abgewiesen.

Die drei Richter, an derem engem und im wahren Wortsinn phantasie-losen Kunstverständnis die Beschwerde schließlich scheiterte, ließen zu, daß ein Kunstwerk wie „Mephisto" mit der Elle der Realität gemessen wird. Der Kunst wird die Freiheit nicht gegeben, die ihr als „höherer" Wirklichkeit zusteht. Indem die Gerichte sich am *Besonderen*, dem persönlichen Hintergrund festklammerten, konnten sie das *Allgemeine* und damit Politische des Stoffs verdrängen. Der Roman blieb verboten. Klaus Mann selbst hatte seinem „Mephisto" als Hinweis auf dieses Allgemeine den Satz mitgegeben: „Alle Personen dieses Buches stellen Typen dar, nicht Porträts."

Ging es im Roman selbst noch um den Pakt der Kunst mit der Macht, war es in der Auseinandersetzung um den Roman die Macht (der Gerichte), die der Kunst ihren Freiraum als Gegenwirklichkeit versagte.

Ariane Mnouchkine nimmt den Stoff wieder auf und transportiert ihn in eine andere Kunstform. Sie schreibt darüber: „. . . Die Arbeit an der Bühnenfassung hat uns veranlaßt, nach den Vorbildern zu suchen, uns an ihnen zu inspirieren – oder von ihnen mehr Abstand zu gewinnen. Die Personen des Stücks haben demnach eine dreifache Herkunft: sie sind, wenn auch mit unterschiedlichen Anteilen, Figuren aus dem Roman, aus der historischen Wirklichkeit und aus unserer Phantasie."

Gérard Hardy, in der Aufführung des Théâtre du Soleil als Höfgen, erinnert als Figur in nichts an Gustaf Gründgens. Mit Otto Ulrich, der sich am wirklichen Leben des von den Nazis erschlagenen Schauspielers Hans Otto orientiert, wird ein Gegenheld eingeführt.

Gustaf Gründgens ist 17 Jahre tot. Mit seinem Namen und seiner Person verbindet ein großer Teil möglicher Leser des „Mephisto" keine Vorstellungen mehr. Und Ariane Mnouchkine ist es mit ihren Mitteln gelungen, ein selbständiges Kunstwerk neben dem Roman von Klaus Mann zu schaffen. Beiden geht es nicht um die Diffamierung eines berühmten Schauspielers, sondern ganz allgemein um die Abhängigkeit von Kunst und Macht. Mit Blick auf die Krisen der Demokratie in den 30er Jahren muß darüber gerade heute, zu Beginn der 80er Jahre, neu nachgedacht werden.

Die Theaterfassung liegt hier in deutscher Übersetzung vor. Das Erscheinen des Romans ist unausweichlich geworden.

München, im April 1980 Berthold Spangenberg

DIE PERSONEN DER HANDLUNG

(in der Reihenfolge ihres Auftritts; diese Angaben und auch die Szenenfotos beziehen sich auf die Besetzung der Uraufführung in der Cartoucherie de Vincennes am 15. Mai 1979.)

KLAUS MANN (DER SCHAUSPIELER)	Christian Colin
HENDRIK HÖFGEN, Schauspieler und Regisseur	Gérard Hardy
CAROLA MARTIN, Schauspielerin	Lucia Bensasson
THERESA VON HERZFELD, Schauspielerin	Marie-Françoise Audollent
HANS MIKLAS, Schauspieler, Mitglied der NSDAP	Jonathan Sutton
SEBASTIAN BRÜCKNER, Schriftsteller	Christian Colin
MAGNUS GOTTSCHALK, Schauspieler und Theaterdirektor	Yves Gourvil
HERR KNURR, Portier	Roland Amstutz
OTTO ULRICH, Schauspieler, Mitglied der KPD	Jean-Claude Bourbault
FRAU EFEU, Souffleuse	Louba Guertchikoff
JULIETTE, schwarze Tänzerin, Geliebte Höfgens	Myrrha Donzenac
CONFERENCIER (Otto Ulrich)	Jean-Claude Bourbault
DIE FRAU (Myriam Horowitz)	Anne Demeyer
DER BEAMTE (Otto Ulrich)	Jean-Claude Bourbault
MYRIAM HOROWITZ, Schauspielerin, Ehefrau von Magnus Gottschalk	Anne Demeyer
ALEX, junger Schauspieler, Mitglied der KPD	Norbert Journo
ESTHER (Nicoletta von Niebuhr)	Nicole Félix
ANJA (Erika Brückner)	Joséphine Derenne
THEOPHIL SARDER, Dramatiker	René Patrignani gest. 24.10.79

NICOLETTA VON NIEBUHR, Schauspielerin	Nicole Félix
ERIKA BRÜCKNER, Schauspielerin, Schwester von Sebastian Brückner	Joséphine Derenne
LORENZ, fünfzehnjähriger Straßenjunge, später SA-Mann	Julien Maurel
OBERKELLNER	John Arnold
EIN JUNGER KELLNER	Georges Bonnaud
EIN REICHSWEHROFFIZIER	Jean Dupond
HITLER (Maske)	Christian Colin
EIN GROSSINDUSTRIELLER (Maske)	Jean-Claude Bourbault
GENERALFELDMARSCHALL VONSIEG (Maske)	Jonathan Sutton
THOMAS BRÜCKNER, Schriftsteller Vater von Sebastian und Erika	Jean Dupond
EMELYNE, Hausmädchen bei Brückner	Odile Cointepas
LUDWIG, Chauffeur bei Brückner	Claude Forget
FRAU MOTZKNÖDEL (Erika Brückner)	Joséphine Derenne
FRÄULEIN LINAMUCK (Myriam Horowitz)	Anne Demeyer
BARONIN (Theresa von Herzfeld)	Marie-Françoise Audollent
HANS JOSTHINKEL, Nazi-Intendant	Georges Bonnaud

PROLOG I

Eine Stimme (vom Tonband)

DIE STIMME *eines Verlegers:* den 5. Mai 1949
Sehr geehrter Herr!

Ich bestätige dankend den Erhalt Ihres Manuskriptes. Leider haben sich Schwierigkeiten ergeben, Ihren Roman „Mephisto" herauszubringen; es wird Ihnen nicht entgangen sein, daß Herr Höfgen hier bereits wieder eine sehr bedeutende Rolle spielt. Ihr Roman könnte nun den Eindruck erwecken, er wolle ihn angreifen. Von Ostberlin aus hätten wir eine solche Operation sicherlich starten können, im Westen ist aber diese Aktion keinesfalls einfach.

Ich bedaure es daher außerordentlich, Ihren Roman nicht publizieren zu können; ich kann aber das Risiko eines Verbots nicht eingehen, eines Verbots, das mir angesichts der gegenwärtigen politischen Lage unvermeidbar scheint.

Hochachtungsvoll, Ihr. . .

Eine andere Stimme, diesmal außer sich, wütend.

Sehr geehrter Herr!

Ihr Brief vom 5. Mai ist unbezahlbar! Einen Roman drukken, das heißt bei euch jetzt also „eine Aktion starten". Diese Aktion, so meinen Sie – dürfte im Fall des „Mephisto" . . . „keinesfalls einfach sein. . ." und muß ergo zunächst unterbleiben. Warum? Weil Herr Höfgen. . . „hier eine bereits bedeutende Rolle spielt".

Das heiße ich mir Logik! Und Zivilcourage! Und Vertragstreue! Ich weiß nicht, was mich mehr frappiert: die Niedrigkeit Ihrer Gesinnung, oder die Naivität, mit der Sie diese zugeben. Höfgen hat Erfolg: warum sollten Sie da ein Buch herausbringen, das gegen ihn gerichtet scheinen könnte? Nur nichts riskieren! Immer mit der Macht! Mit dem Strom geschwommen! Man weiß ja, wohin es führt: zu eben jenen Konzentrationslagern, von denen man nachher nichts gewußt haben will. . .

Ich darf Sie um die Gefälligkeit bitten, mir das Ihnen anvertraute Exemplar des „Mephisto" (eine Seltenheit) umgehend zurückschicken zu wollen.

Bitte schreiben Sie mir nicht mehr.

Hochachtungsvoll,

Klaus Mann

DER SCHAUSPIELER *zum Publikum:* Für Klaus Mann begann die Geschichte dieses Romans an einem Novemberabend des Jahres 1923 in Hamburg.

Dieses hier soll zunächst das Hamburger Theater darstellen.

Meine Freunde werden die Personen spielen, denen er begegnet ist, und die ihn durch diese Geschichte begleitet haben, sowie diejenigen, die er ganz einfach erfunden hat.

ERSTES BILD

Im Hamburger Theater

Donnernder Applaus.
Der Vorhang öffnet sich, ein ganzes Ensemble tritt auf, um sich zu verbeugen: ein Offizier, ein Soldat, ein Arbeiter, ein Priester, eine Hure, ein Pastor usw. Was sich da verbeugt und was man soeben dargestellt hat, ist Deutschland.

Der große Star des Abends ist Carola Martin; gemeinsam mit ihren beiden Partnern – in schwarzen Anzügen – verbeugt sie sich immer wieder.

In den Kulissen macht eine Nachricht die Runde, welche die Hochstimmung der Premiere noch weiter aufheizt.

Einer der Schauspieler, Hendrik Höfgen, beschließt, dem applaudierenden, jubelnden Publikum etwas anzusagen.

HENDRIK *ins Mikrofon:* Meine Freunde, liebe Freunde . . . ich muß Ihnen ein Ereignis bekanntgeben, das diesen der Eitelkeit der Schauspieler schmeichelnden Applaus nebensächlich macht! Hören Sie . . . Heute, am Morgen des 9. November 1923 hat in München ein Putsch stattgefunden, angeführt von Hitler und seinen Sturmabteilungen.
Tiefes Schweigen im Saal. Hendrik fährt mit ernster Stimme fort.
. . . Nun, ich freue mich, Ihnen mitteilen zu dürfen, daß sie . . . gescheitert sind. Die Polizei ist unserer jungen Republik treu geblieben. Sie hat das Feuer eröffnet und diese Ratten in die Flucht geschlagen! Hitler steht unter Arrest, Göring ist auf der Flucht! Die Nationalsozialistische Partei ist verboten! Das wollte ich Ihnen sagen, Guten Abend . . .
. . . Danke . . . schönen Abend . . . Dankesehr . . . Danke!
Er verbeugt sich immer wieder. Der Applaus wird langsam schwächer und man hört das Publikum den Saal verlassen.

In der Garderobe.

HENDRIK *zu Otto:* Mein Freund, mein Bruder, mein Genosse! Welch' ein Sieg! Hitler ist verjagt!

Alle gratulieren einander, umarmen sich. Carola wird gefeiert und umschwärmt. Sie setzt sich an den Schminktisch. Knurr, der Portier, bringt eine Flasche Champagner und Gläser.

HENDRIK: Champagner! Carola spendiert Champagner!

Magnus entkorkt die Flasche.

CAROLA: Nur eine Flasche, aber die hat schon ein Vermögen gekostet – und das bei meinem legendären jüdischen Geiz!

THERESA: Champagner . . . in diesen Zeiten . . . Paßt auf mich auf – sonst vergesse ich mich . . . niemand ist so verrückt nach Champagner wie ich!

Carola beginnt, allen einzuschenken.

CAROLA *zu Hans Miklas:* Ach, mein schöner kleiner Soldat . . . Ich möchte Ihnen sagen, wie sehr ich Sie bewundere, *was* für ein Schauspieler Sie sind. In der Szene an der Grenze, die weiß Gott nicht das Beste ist, was ich gespielt habe, waren Sie hervorragend. Sie haben uns beide vor dem Abrutschen ins Mittelmaß bewahrt.

MIKLAS: Ich mache meine Arbeit so gut ich kann. Sie haben mich aber in eine peinliche Situation gebracht – nach dem Stichwort „Erinnern Sie Sich an mich . . ." sollten Sie meine Hand loslassen.

CAROLA: Ja, das stimmt – aber Sie haben gleich Ihre Hand weggerissen, als hätte ich Sie verbrannt.

MIKLAS: Sie sollten meine Hand loslassen, das haben Sie nicht getan – also habe ich sie zurückgezogen.

CAROLA: Ich sollte, ja . . . es ist wahr, daß ich dieses starre Händchen einige Augenblicke zu lange festgehalten habe . . .

MIKLAS *unterbricht:* Madame, wenn Ihnen die Berührung meiner Hand unangenehm ist, dann . . .

er hält ein

CAROLA: Das hab' ich nicht gesagt, Hans Miklas, das wissen Sie genau; Ich dachte nur, daß diese brutale Geste nicht nötig war.

MIKLAS: Es liegt allein beim Regisseur, mir das zu sagen, bei niemandem sonst – und bei Ihnen schon gar nicht – Sie sind ja sowieso erst zur letzten Probenwoche erschienen.

CAROLA: Wollen Sie nun meinen Champagner probieren und diesen üblen Streit beenden?

MIKLAS: Ich will keinen französischen Champagner trinken, den man zu Wucherpreisen kauft, während Deutschland vor Hunger krepiert.

CAROLA: Schluß jetzt! Ich habe viel Geduld, aber . . .

Sebastian Brückner (gespielt von dem Schauspieler, der im Prolog Klaus Mann darstellt) tritt auf.

SEBASTIAN: Carola! Bravo! Welch ein Triumph! Phantastisch!

Er verstummt, etwas irritiert von der gespannten Atmosphäre.

CAROLA: Sebastian, wie wunderbar, Sie zu sehen. Ich hatte Sie ganz vergessen. Darf ich Ihnen das Ensemble des Hamburger Theaters vorstellen: Fräulein Theresa von Herzfeld – nebenbei ist Frl. von Herzfeld auch eine hervorragende Bühnenbildnerin. Herr Hans Miklas.

SEBASTIAN *zu Miklas:* Es hat mich sehr bewegt, wie Sie gespielt haben.

CAROLA: O ja . . . bewegend ist er schon . . . Herr Otto Ulrich; ich fürchte, Herr Ulrich ist ein gefährlicher Kommunist.

Herr Hendrik Höfgen, der berühmteste Schauspieler von Hamburg und ohne Zweifel bald auch von ganz Deutschland.

Magnus Gottschalk, unser Regisseur und Direktor dieses Theaters – kurz, Gottvater persönlich!

MAGNUS: Habe die Ehre . . . reizend. Ich glaube, wir sehen uns morgen früh . . . Sie lesen mir doch Ihr Stück vor. Darauf bin ich schon sehr gespannt – ich bewundere Ihren Herrn Vater so sehr!

SEBASTIAN: Ah, ja . . . mein gewaltiger Herr Papa.

HENDRIK *zu Otto:* Heute abend müssen viele Kommunisten im Publikum gewesen sein – die waren begeistert.

CAROLA: Die haben Sie ja auch gefeiert, als ob Sie eigenhändig Herrn Hitlers Sturmabteilungen in die Flucht geschlagen hätten . . . da gehört schon Einiges dazu . . . Sie werden sehen – dem Berliner Publikum gefallen Sie bestimmt.

Jetzt entschuldigt mich, aber wir sind auf einen gräßlichen Empfang eingeladen . . . da muß ich einfach hin. Diese Leute verdienen Dollars, der Empfang wird dementsprechend prunkvoll ausfallen . . . ich werde dort Champagner für Euch klauen.

zu Miklas . . . Machen Sie doch kein so finsteres Gesicht kleiner Soldat, der Herr Hitler wird schon wieder aus dem Gefängnis entlassen werden.

Sie geht hinaus, gefolgt von Sebastian.

MIKLAS: Champagner! Dollars! Das ist eben eine echte Jüdin!

Stille. Alle erstarren.

MAGNUS: Hör mal zu, Freundchen: so etwas lasse ich an unserem Theater nicht zu!

MIKLAS: Wieso? Ist die Martin vielleicht keine Jüdin?

HENDRIK: Aber ja. Die Martin ist Jüdin. Das weiß jeder. Genau wie jeder weiß, daß Hans Miklas Na-tio-nal-so-zial-ist ist. Übrigens ist er nicht der einzige in unserem ehrenwerten Hause; Herr Knurr, der sich dahinten ganz klein macht, ist auch ein großer Verehrer von Adolf Hilter. Sie brauchen sich gar nicht zu verstecken, Herr Knurr – wir alle wissen, daß Sie das Hakenkreuz unter Ihrem Jackenaufschlag tragen.

KNURR: Ich verstecke mich nicht, mein Herr, ich fege nur Ihre Garderobenecke aus . . .

HENDRIK: Sie können mich nicht leiden, he, Knurr? – Das hatten Sie Sich so gedacht . . . sobald Adolf an der Macht ist, kommt so rotes Geschmeiß wie ich als Erstes an den Galgen! Pech für Sie, Herr Knurr . . . Ihr Hitler ist es, der heute Nachmittag beinahe am Galgen gebaumelt hätte . . .
zu Miklas . . . Was Dich betrifft, Kleiner – wenn Du vorhast, hier noch länger aufzutreten, dann hör' mir mal gut zu . . .

OTTO: Beruhig Dich, Henrik. *zu Miklas* . . . und Du . . . versuch' mal, mit Deinem eigenen Kopf nachzudenken, weißt Du, Deine Freunde haben nämlich anstelle von Köpfen Ärsche zwischen den Ohren.

Miklas geht hinaus. Hendrik hat sich hingesetzt und schminkt sich ab.

OTTO *im Hinausgehen:* Kommst Du mit? Wir proben heute Nacht. Soll ich auf Dich warten?

HENDRIK: Nein . . . geh' schon vor . . . fangt ohne mich an . . . ich komme nach.

MAGNUS: Hören Sie! Meine Frau und Sie mit diesem revolutionären Theater – Sie bringen uns noch in Schwierigkeiten! Warten Sie auf mich, ich habe mit Ihnen zu reden!
Zu Hendrik Tun Sie mir einen Gefallen. Vertreten Sie mich

AROLA: „Schluß jetzt! Ich habe viel Geduld, aber . . .”

morgen früh. Das Geschreibsel der verwöhnten Jahrhundertkinder irritiert mich.

HENDRIK: Welcher verwöhnten Kinder?

MAGNUS: Na, der Brückner-Sohn.

HENDRIK: Was? Der war das? Der berühmte Brückner-Sohn?

Magnus folgt Otto hinaus. Hendrik betrachtet sich affektiert im Spiegel. Von den Schauspielern ist nur noch Theresa da.

THERESA: Woran denken Sie?

HENDRIK: An die Martin. „Dem Berliner Publikum gefallen Sie bestimmt" hat sie gesagt . . . Berlin . . . werde ich jemals nach Berlin gehen, Theresa? Ich bin doch ein Provinzschauspieler, ich werde immer nur ein kleiner Provinzschauspieler bleiben . . . daran gehe ich zugrunde! Verstehst Du, wie sehr ich darunter leide, Theresa?

THERESA: Wenn man andere leiden macht, muß man dafür bezahlen . . . Sie machen andere zur Genüge leiden, um dafür irgendwie büßen zu müssen . . .

Bevor sie ganz hinausgeht, wirft sie ihm zu . . . Guten Abend . . . Genosse!

Sie geht hinaus.

Frau Efeu, die Garderobiere und Souffleuse macht ebenfalls Anstalten, nach Hause zu gehen. Aber Hendrik ruft sie zurück.

HENDRIK: Gute Frau Efeu! Zu Hilfe . . . lassen Sie mich nicht im Stich . . . ich bin so erschöpft.

Efeu ist ihm beim Umkleiden behilflich und räumt die Kleidungsstücke auf, die er zu Boden fallen läßt.

Zuletzt setzt er sich umständlich und kokett vor dem Spiegel seine Mütze auf. Er rückt nocheinmal die Haare, die unter dem Rand der Mütze hervorstehen, zurecht und geht dann hinaus.

HENDRIK: Heil! . . . wie hieß der noch gleich?

EFEU: Jetzt hab' ich seinetwegen schon wieder die letzte Tram verpaßt!

Miklas spielt leise auf seiner Geige.

KNURR: Na, dann haben Sie es ja nicht mehr eilig – kleiner Schluck gefällig?

Efeu setzt sich.

EFEU: Ist also den Nazis ihre Sache mißglückt. Schade! vielleicht hätten die es geschafft, den Kohlrübenpreis zu senken!

FRAU EFEU: „. . . denn weißt Du, ich – ich verkauf' mich morgen für ein Butterbrot!"

Sie trinkt.

Bbbbääääähhhh!!! Aus was ist denn der gebrannt?

KNURR: Aus Scheiße . . . ein Jude hat das Verfahren erfunden, Scheiße zu destillieren. Damit macht der ein Vermögen.

Efeu erstickt fast vor Lachen.

EFEU: Hahaha! Was zahlt denn der für Scheiße? Ich verkaufe nämlich . . . Sie auch, Herr Knurr, oder? Das ist das Einzige, was es heutzutage in Deutschland im Überfluß gibt . . . haha. Na, geben Sie mir noch ein Schlückchen – ich muß mich pflegen.

Sie trinken beide.

MIKLAS *weiter musizierend:* All diese Salonkommunisten . . . Die Martin, Höfgen und ihre Clique. Die Juden haben noch nicht gesiegt. Das deutsche Volk wird seinen wahren Retter noch erkennen. Es wird weder auf die Lügen der verjudeten Marxisten hereinfallen, noch auf die der Bourgeois, die uns das Mark aus den Knochen saugen. Noch baumelt Hitler nicht am Strick!

Die Deutschen haben ihre Ehre verloren – Hitler wird sie ihnen zurückgeben. Er wird sich mit dem Versailler Vertrag den Hintern abwischen. Unsere Bewegung wird siegen! Unsere Revolution ist nahe!

EFEU: Na, dann soll sie sich mal beeilen, Deine Revolution, denn weißt Du, ich – ich verkauf mich morgen für ein Butterbrot.

Ende des 1. Bildes

ZWEITES BILD

In der Garderobe eines schäbigen Kabaretts

Hendrik sieht Juliette zu, die sich abschminkt und umzieht. Im Hintergrund Musik, die aus dem Kabarett kommt.

JULIETTE: Puh! Bin ich kaputt! Dreimal hab' ich diese Nummer heute abend abziehn müssen – davon zweimal vor fünf Besoffenen – einmal war der Saal wenigstens knallvoll.

HENDRIK: War es die Lasso-Nummer?

JULIETTE: Nein! Bloß die nicht! Mit der hast Du mich wochenlang geplagt – und wie ich sie dann gebracht habe, hat das Publikum gelacht; Scheißlasso!

HENDRIK: Das war, weil Du nicht genug probiert hast; was ich mir da ausgedacht habe ist gut – ich weiß, was ich sage.

JULIETTE: Nicht genug probiert! Nicht genug probiert – Ich hab' da gestanden, hab' den Arsch hingestreckt, hab' gekreischt und meine schrecklichen Augen gerollt, hab' mein Lasso dazu geschleudert – da brüllen die Kerle nur: „Zier Dich nicht so – zeig uns Dein kleines Paradies!"

HENDRIK: Die lachen, weil es sie aufregt – das ist auch aufregend.

JULIETTE: Ich weiß, ich weiß. Dich regt das auf, das Lasso, die Schläge und all das . . . Du magst sowas . . . aber die, die wollen lieber sowas mit Rumba . . . das ist moderner. Weißt Du, die Kerle, die hier reinkommen, teilen lieber Schläge aus, als daß sie welche kriegen . . .

HENDRIK: Beeil' Dich – ich hab' die Probe im revolutionären Kabarett verpaßt, um Dich abholen zu kommen.

JULIETTE: Du verpaßt ganz schön oft Dein revolutionäres Kabarett. *Sie trinkt gierig aus einer Flasche.*
Willst Du auch was? Bäh!! So ein Scheißzeug! Was macht Ihr eigentlich da, in dem revolutionären Kabarett?

HENDRIK: Das ist nichts für kleine Mädchen. Das erkläre ich Dir mal, wenn Du größer bist.

JULIETTE: Teufel noch mal! Ich hab' auf der Straße schon revolutionäres Theater gesehen. Ich weiß, wie das ist. Die haben da ein Sprachrohr und schreien „Nieder mit den Bürgerlichen! Es lebe der Kommunismus!" und nach einer Weile kommt die Polizei und nimmt sie alle fest. Sag mal, was ist das eigentlich – Kommunismus?

HENDRIK: Sieh' meine Hände an, wie scheußlich sie auf Deinen Schenkeln sind. Ich dürfte Dich eigentlich gar nicht berühren . . .

JULIETTE: Die Hände, die Füße, alles an Dir ist häßlich. Sogar die Seele, alles! Sag mir, warum willst Du nie, daß ich ins Theater komme, wenn Du auftrittst? – Ich weiß, was ich mache! Eines Abends siehst Du mich mitten im Publikum – genau! Ich werd' da sein und ganz laut lachen!

HENDRIK: He, da hört der Spaß aber auf – ich will Dich nicht im Theater sehen, hörst Du?

JULIETTE: Jedesmal wenn Du auftrittst, zeige ich mit dem Finger auf Dich. Ich werd' mein Lasso schleudern und rufen: „Seht ihn an, den schönen Affen, seht ihn an; meine Damen, meine Herrn, das ist mein Affe und ich bin seine Äffin!"

HENDRIK: Ach, ich liebe Dich. Du bist so weich, so fest, Du bist stark. Weißt Du, daß Du meine große Liebe bist?

JULIETTE: Aber im Ernst: erklär' mir den Kommunismus; ich möcht' so gerne was Gutes lernen . . .

HENDRIK: „Tu marches sur des morts, beauté, dont tu te moques.
De tes bijoux l'horreur n'est pas le moins charmant.
Et le meurtre parmi les plus chères breloques
Sur ton ventre orgueilleux danse amoureusement . . ."

JULIETTE: Vom Tanzen in einer Hafenkneipe kann der Kopf nicht leben, das laß Dir gesagt sein, und das Herz auch nicht . . . Hendrik, bring' mir was bei . . .
Er nimmt sie bei der Hand und zwingt sie mit sanfter Gewalt, ihn immer fester zu schlagen.

HENDRIK: Aber Du brauchst nichts zu wissen . . . Du hast alles im Blut, meine Schöne,
meine Grausame, mein Afrika, meine Wilde . . .

JULIETTE: Nein, Hendrik . . . lass' mich los . . . ich hab' keine Lust . . . ich mag' Dich gern, Hendrik . . . hör' auf . . .

Ende des 2. Bildes

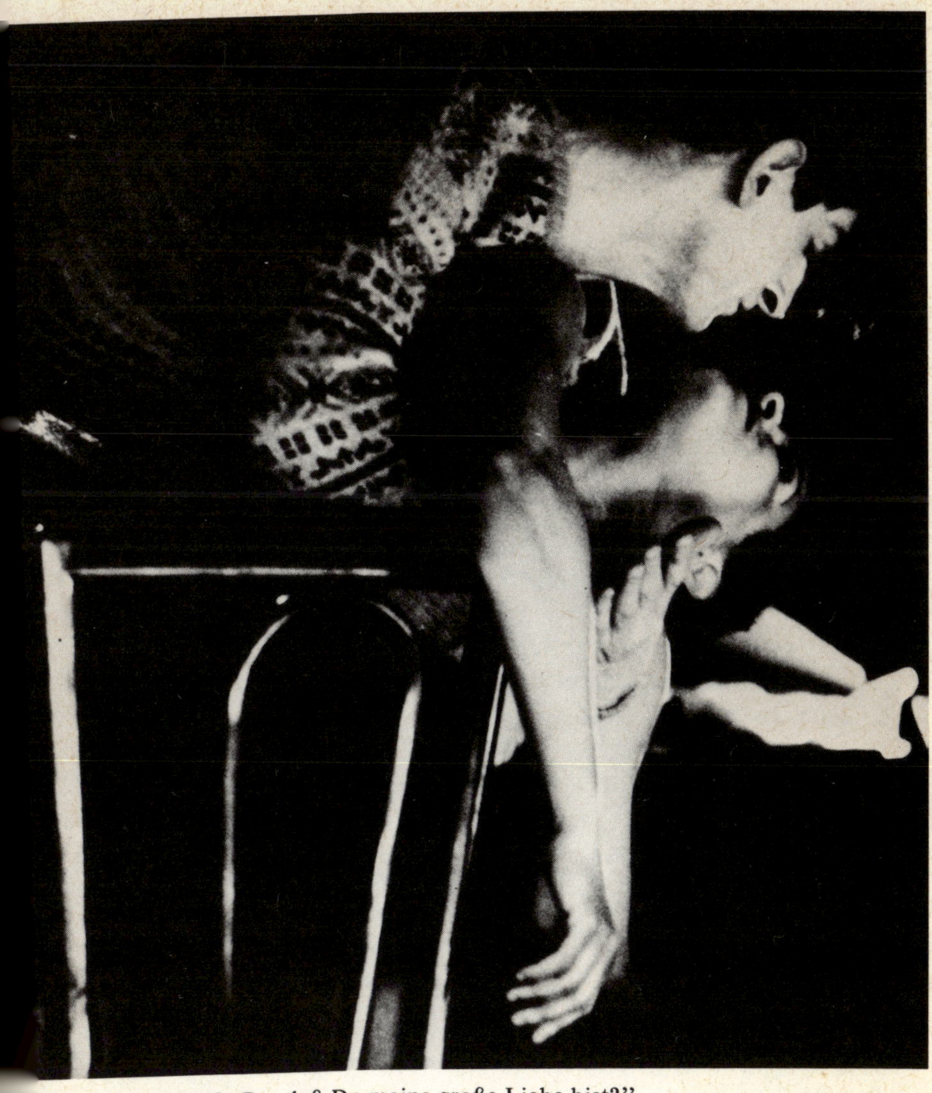

IENDRIK: „Weißt Du, daß Du meine große Liebe bist?"

DRITTES BILD

Im revolutionären Kabarett „Der Sturmvogel"

Otto, Alex und Myriam proben. Magnus, der seit Stunden auf seine Frau wartet, sieht müde zu.
Das Sturmvogel-Orchester spielt auf. Der Conferencier (Otto) versucht vergeblich, sein Programm anzusagen – er wird vom Orchester daran gehindert, das kein Ende finden kann.

DER CONFERENCIER: Verehrtes Publikum! Dank der vorzüglichen Liebenswürdigkeit der Zensurbehörde, die auch heute abend im Publikum vertreten ist, und die uns ausnahmsweise die freundliche Genehmigung erteilt hat, vor Ihnen aufzutreten, wird Ihnen der Sturmvogel also nun sein großes, modernes, epiko-lyrisches Drama in Gestalt eines mittelalterlichen Mysterienspiels in 75 Bildern präsentieren. Erstes Bild: Myriam auf dem Fürsorgeamt.
Alex entrollt im Hintergrund eine Leinwand mit einem gemalten Bühnenbild:
Im Fürsorgeamt

DIE FRAU *(Myriam)*: Jetzt bin ich schon sechs mal aufs Fürsorgeamt gekommen und jedesmal hat mir irgendein Formular gefehlt. Sie, Herr Beamter, können Sie mir sagen, ob ich diesmal endlich alles habe, was Sie brauchen?

DER BEAMTE *(Otto)*: Was *ich* brauche? Moment mal, warum sagen Sie, was *ich* brauche? Ich brauch' doch gar nichts!

DIE FRAU: Aber man hat mir doch gesagt, daß ich im Fürsorgeamt alle notwendigen Auskünfte erhalten würde.

DER BEAMTE: Ja.

DIE FRAU: Was denn, ja?

DER BEAMTE: Das ist wahrscheinlich.

DIE FRAU: Aber heut' bin ich schon eine Stunde hier und Sie geben mir gar keine Auskunft.

DER BEAMTE: Sie haben ja von mir auch keine Auskunft verlangt. Sie haben mich dauernd gefragt, was *ich* brauche!

DIE FRAU: Also, dann verlange ich jetzt Auskunft von Ihnen.

DER BEAMTE: Tut mir leid, aber das Amt ist geschlossen.

DIE FRAU: Ja, aber was machen Sie denn da?

DER BEAMTE: Ich warte, daß es aufmacht!

DIE FRAU: Aber wer macht es denn auf?

DER BEAMTE: Ich.

DIE FRAU: Und wann machen Sie auf?

DER BEAMTE: Zur rechten Zeit.

DIE FRAU: Wann ist denn die rechte Zeit?

DER BEAMTE: Ach, wissen Sie, die Zeit – das ist doch ein relativer Begriff . . . Schaun's her, wenn ich gemütlich auf meinem Kanapee aus weichem Samt sitz' und eine Leberknödelsuppe eß', dann vergeht eine Minute wie ein Blitz. Wenn Sie aber daheim auf dem rotglühenden Ofen sitzen, ist die selbe Minute wie ein Jahrhundert.

Er nimmt seinen Hut ab und setzt eine Dienstmütze auf.

DIE FRAU: Und warum setzen Sie die Mütze auf?

DER BEAMTE: Wenn ich im Dienst bin, muß ich immer eine Mütze tragen.

DIE FRAU: Sind Sie jetzt im Dienst?

DER BEAMTE: Das müßten Sie eigentlich merken!

DIE FRAU: Dann können Sie mir also Auskünfte erteilen?

DER BEAMTE: Stop. Halt. Hier nicht! Das Amt für Auskünfte befindet sich an der „Wir werden das Unrecht von Versailles rächen"-Allee Nr. 17. Hier befinden wir uns aber in der „Die deutsche Armee ist nicht besiegt, sondern hinterrücks von den Bolschewiken erdolcht worden"-Straße Nr. 21.

DIE FRAU: Aber ich will doch zur Fürsorge!

DER BEAMTE: Benötigen Sie denn eine Sonderbeihilfe?

DIE FRAU: Ja.

DER BEAMTE: Stop. Halt. Die Sonderbeihilfe erhalten Sie im Amt, das sich in der „Wenn Deutschland in der Scheiße ist, dann wegen der zu hohen Löhne"-Chaussee Nr. 12 befindet.

DIE FRAU: Aber woher soll ich denn wissen, ob ich eine Sonderbeihilfe benötige oder nicht?

DER BEAMTE: Sie wissen noch nicht einmal, was für eine Beihilfe Sie benötigen? Sind Sie etwa eine Simulantin?

DIE FRAU: Zum Donnerwetter! Ich hab' keine Wohnung mehr, ich erwarte Zwillinge, mein Mann ist Invalide und arbeitslos bin ich auch noch!

DER BEAMTE: Aha! Aber dann benötigen Sie ja die allgemeine Beihilfe! Gescheit wie Sie sind, sind Sie genau zum richtigen Amt gekommen. Also beginnen wir mit dem Beginn: Ihre Anschrift?

DIE FRAU: Wo ich Ihnen gerade gesagt habe, daß ich auf der Straße sitze!

DER BEAMTE: Haben Sie eine Bestätigung?

DIE FRAU: Eine Bestätigung?

DER BEAMTE: Die bestätigt, daß Sie obdachlos sind!

DIE FRAU: Aber nein!

DER BEAMTE: Wo soll ich denn das Antwortschreiben auf Ihren Beihilfeantrag hinschicken?

DIE FRAU: An meine Schwester: „Alles war unter dem Kaiser besser"-Allee Nr. 14.

DER BEAMTE: Wann sind Sie obdachlos geworden?

DIE FRAU: Am 20. November.

DER BEAMTE: Schade.

DIE FRAU: Natürlich ist das schade!

DER BEAMTE: Wenn Sie nämlich am 21. obdachlos geworden wären, hätten Sie jetzt Anspruch auf eine Sonderbeihilfe gemäß dem Erlaß vom 30. der am 21. in Kraft trat und nicht am 17.

DIE FRAU: Und meine Zwillinge? Man hat mir gesagt, ich hätte Anspruch auf eine Kohlrübenbeihilfe.

DER BEAMTE: Sicher. Alle haben Anspruch auf eine Kohlrübenbeihilfe. Aber die gibt's nicht hier, die gibt's am „Alle sind gegen Deutschland, aber aus Eifersucht"-Platz, Nr. 127.

DIE FRAU: Aber was für eine Beihilfe können Sie mir denn hier geben?

DER BEAMTE: Hören Sie mal, meine Gute. Sie müssen sich schon entscheiden, was Sie wollen. Seit einer Stunde höre ich Ihnen zu. Ich hab' auch noch Anderes zu tun.
Er sieht auf seine Uhr, nimmt die Dienstmütze ab, setzt seinen Hut wieder auf und setzt sich dann neben die Frau.

DIE FRAU: Aber was machen Sie denn?

DER BEAMTE: Das war mein letzter Arbeitstag. Ab sofort bin ich arbeitslos. Also komm' ich zum Fürsorgeamt. Was meinen Sie – ob die mir hier Auskunft erteilen können?

DIE FRAU: Ihre Anschrift?

DER BEAMTE: „Deutscher Bürokratenabtritt" Nr. 7.

Licht!

Ende der Probe.

MYRIAM: „Sie, Herr Beamter, können Sie mir sagen, ob ich diesmal endlich alles abe, was Sie brauchen?"

MYRIAM: „Und meine Zwillinge? Und meine Arbeit?"

MYRIAM *nimmt ihre falsche Nase ab:* Und jetzt – ab in die heia!

OTTO *dickköpfig:* Aber die nächste Szene über die Inflation ist noch nicht fertig. Wir haben noch keinen Schluß dafür gefunden. Wir müssen den Schluß finden.

Myriam gähnt ausgiebig.

MYRIAM: Und was ist mit meiner Idee?

OTTO: Welche denn?

MYRIAM: Der Bourgeois und sein Goldstück und der Proletarier, der zuerst mit einem Einkaufskorb und dann mit einer Schubkarre voll Geldscheinen ankommt und trotzdem reicht es nie, um seinen Hering zu kaufen.

Sie hält ein, sieht die andern fragend an.

OTTO: Und?

MYRIAM: Was, und? Das ist die ganze Szene über die Inflation.

OTTO: Und was zeigt die?

MYRIAM: Daß man drei Millionen Mark braucht, um einen Hering zu kaufen.

OTTO: Aber das weiß doch jeder. Das erlebt jeder von uns täglich. Nein, was wir zeigen müssen, ist: warum? wie? weswegen? für wen?

MYRIAM *sehr laut:* Das weiß ich aber nicht! Davon verstehe ich nichts! Das ist zu kompliziert!

OTTO: Dann ist also alles, wovon wir reden wollen, zu kompliziert.

MYRIAM: Aber ja! Für das Theater ist es zu kompliziert.

OTTO: Aha – das hab' ich gerne! Dann ist also das Theater nicht in der Lage, unsere Gesellschaft darzustellen?

MYRIAM: Genau das frage ich mich manchmal!

OTTO: Niemals! Diesem Gedanken darf man niemals nachgeben!

Schweigen.

MAGNUS *herablassend:* Kompliziert ist doch die Inflation nun wirklich nicht!

Die Inflation ist nichts als eine riesige legale Gaunerei. Durch sie können die Unternehmen ihre Schulden in wertlosen Mark zurückzahlen. Der Staat hat ihnen Anleihen in gutem Geld gewährt; sie haben schöne Maschinen gekauft; man macht Inflation und zahlt mit Bohnen zurück. Die Löhne sinken. Man senkt die Ausfuhrpreise; man macht Dumpingpreise und läßt sich in Devisen bezahlen, die man dann im

Ausland läßt. Die Rentner werden ruiniert. Die Schwerindustrie wird fett und bezahlen tut's das Proletariat. Bitte – ist doch ganz simpel!

MYRIAM: Ich hab' nichts kapiert. Wieso kommt das der Schwerindustrie zugute und nicht der leichten Industrie? Warum sinken die Preise im Export und nicht die bei uns?

MAGNUS: Na, weil das Ausland in ausländischen Devisen zahlt In Gottes Namen: das Währungssystem! Eine Jüdin wie Du, seit 700 Generationen, müßte doch das Währungssystem begreifen!

Myriam ist aufgestanden; sie macht wütend Anstalten, zu gehen.

MYRIAM: Natürlich. Die Juden und das Geld. Die jüdische Bank, das bin ich! Nach fünfzehn Ehejahren entlarvst Du Dich endlich – Antisemit!

MAGNUS: Du willst ja nichts verstehen. Wenn Du jemandem 1000 Mark schuldest und wenn zehn Jahre später 1000 Mark eine Mark wert sind, dann zahlst Du 1000 Mark zum Schein zurück, wo Du in Wirklichkeit nur eine Mark zurückzahlst. Damit hast Du einen Profit von 999 Mark gemacht. Verstehst Du das, Mütterchen?

MYRIAM: Ach, Du gehst mir auf die Nerven!

Beide gehen ab.

Carola Martin hat einen Teil der Szene schweigend miterlebt. Otto ist allein. Er bemerkt sie.

OTTO: Der große Star aus Berlin im kleinen Sturmvogel. Wie kommen wir zu dieser Ehre?

CAROLA: Ich verlaufe mich nachts in Hamburg; Ich kenne nur den Weg zum Theater – deshalb wollte ich Sie fragen, ob Sie mich ins Hotel begleiten.

OTTO: Wie war der Empfang?

CAROLA: Gräßlich. Ich habe Ihnen von da was mitgebracht.

Sie holt ein kleines Päckchen aus ihrer Handtasche.

OTTO: Nein, vielen Dank. Aber es wird Tag. Sie finden jetzt schon allein nach Hause.

CAROLA: Begleiten Sie mich trotzdem. Unterwegs können Sie mir erklären, was Ihnen an mir so mißfällt. Die Proben mit Ihnen waren . . . mühsam.

OTTO: Wenn dem so ist, dann bitte ich um Verzeihung.

CAROLA: Ich verzeihe Ihnen nicht. Sie sind ein wunderbarer Schauspieler, Otto. Was haben Sie für Pläne?

OTTO: Wieso – Pläne?

CAROLA: Ja – Ihre Karriere . . . ?

OTTO: Meine Karriere? Ich habe keine und will auch keine Pläne für meine Karriere haben.

CAROLA: Und das Theater?

OTTO *provozierend:* Das Theater interessiert mich nicht!

CAROLA: Lügner!

OTTO: Ich bin Kommunist. Und das ist mein Beruf und meine Berufung in dieser Welt. Das Theater ist nur ein Dach über meinem Kopf und die Butter für mein Brot. Jetzt wissen Sie alles was es über mich zu wissen gibt.

CAROLA: Ein Dach über unserem Kopf – ja. Die Butter auf unserem Brot – ja. Ein Licht in unserer Nacht. Nein? Es ist schön, Ihr kleines Theater.

Sie sieht sich im Kabarett um.

OTTO: Kommen Sie, ich lad' Sie zu einer Tasse Kaffee ein.

CAROLA: Zu einer großen?

OTTO: Zu einer großen.

CAROLA: Mit einem Mohnbrötchen?

OTTO: Mit einem Mohnbrötchen.

Ende des 3. Bildes.

TTO: „Ich bin Kommunist. Und das ist mein Beruf und meine Berufung in dieser elt."

VIERTES BILD

Im Hamburger Theater

Hendrik erwartet die ‚Lesung' von Sebastians Stück; dieser gibt letzte szenische Anweisungen. Frau Efeu und Herr Knurr machen sich im Hintergrund zu schaffen, sie sind fasziniert von dem seltsamen jungen Mann.

SEBASTIAN: In der Ferne hört man also die Kinder des Internats singen. Die Bühne stellt eine große Halle dar, die in dunklem Holz ausgeführt ist. Auf der Gartenseite führt eine majestätische Tür zum Ost-Schlafsaal. Auf der Hofseite führt eine Tür zum West-Schlafsaal. Durch die Fenster erblickt man Statuen auf dem Rasen. An der Wand ein Kruzifix, vielleicht auch ein Buchsbaumzweig. Herein kommen Anja und Esther. Nein! Einen Moment noch.
Er läuft in die Kulisse und kommt dann zurück.
Herein kommen Anja und Esther.
Er setzt sich neben Hendrik, Nicoletta und Erika erscheinen barfuß, im Nachthemd, wie kleine Mädchen. Jede hält eine brennende Kerze in der Hand.

ESTHER (NICOLETTA): „Anja? Anja – wo bist Du?"

ANJA (ERIKA): „Esther!"

ESTHER: „Ich hab' schon auf Dich gewartet. Ich bin aus dem Toilettenfenster gesprungen . . . Und Du, wie bist Du hergekommen?"

ANJA: „Mit Schwierigkeiten. Die Aufseherin hat sich quer vor meine Tür gelegt. Ich bin über sie hinweggestiegen."

ESTHER: „Ach, wie mutig Du bist! Das hätte ich mich nie getraut. Diese Aufseherin ist so gräßlich!"

ANJA: „Häßlich ist sie, alt ist sie!"

ESTHER: „Bös' ist sie!"

ANJA: „Ein Bärtchen hat sie!"

ESTHER: „Borstig ist sie!"

ANJA: „Nen haarigen Arsch hat sie!"

BEIDE *lachend:* „N haarigen Arsch, 'n haarigen Arsch!"

ESTHER: „Du bist so lustig, Anja . . . Du bringst mich immer zum lachen."

STHER: „Anja? Anja – wo bist Du?"

ANJA: „O diese Hitze! Mir klebt das Nachthemd am Leib!"
ESTHER: „Ja . . . so ein schlimmer August . . . ich koche . . . "
ANJA: „Der Mond brennt wie die Sonne. Es ist so heiß!"
Erika lüftet ihr Nachthemd in die Höhe – darunter trägt sie ebenso wie Nicoletta nichts.
ESTHER: „Ja, mir ist auch so heiß!"
Improvisiertes Spielchen, welcher von beiden es am besten gelingt, auf diese Art die Männer zu schockieren.
ANJA: „Horch' mal!"
ESTHER: „Was denn?"
ANJA: „Ich hab' was gehört."
ESTHER: „Mein Gott!"
ANJA: „Das ist vielleicht das Gespenst."
ESTHER: „Sag sowas nicht! Ich fürchte mich vor Gespenstern. Mach' damit keine Scherze . . . "
ANJA: „Ich mache keine Scherze. Es gibt ein Gespenst – es ist der Geist der ehemaligen Direktorin. Man sagt, sie habe immer ihre Lieblingsschüler am Hals gebissen – hier" *sie zeigt es.*
ESTHER: „Du machst mir Angst, Du Böse, machst mir immer Angst . . . "
ANJA: „O, mir ist plötzlich so übel . . . irgendwas . . . mich hat jemand hier gebissen . . . Mein Gott, wenn das ein tödliches Gift ist!"
ESTHER: „Warte, ich sauge es aus! Ich glaub', das muß man machen . . . "
Nicoletta schlüpft in das Hemd von Erika.
HENDRIK: Knurr, machen Sie den Vorhang zu! Es könnte jemand hereinkommen.
Frau Efeu geht schockiert hinaus.
ESTHER: „Fühlst Du Dich jetzt besser? Wirklich?
ANJA: „Ja, Danke!"
ESTHER: „Manchmal hab' ich Angst um Dich. Als ob Du plötzlich sterben könntest. Wenn Du stirbst, was wird dann aus mir? Ich habe das Gefühl, ich könnte dann die schlimmsten Sachen anstellen . . . "
ANJA: „O, Du hast da ein Fältchen. Wußtest Du das? Das geht da hinunter . . . Du glänzt richtig."
Erika sieht am Halsausschnitt in Nicolettas Hemd.
ESTHER: „Oh, hast Du kalte Hände! Hast Du die Sterne gesehen!?"

Unterdessen ist ein Mann auf die Bühne gekommen. Es ist Theophil Sarder. Er geht bis zu den beiden ‚Schauspielerinnen', die erschrecken, als sie ihn plötzlich bemerken.

SARDER: Macht weiter!

NICOLETTA: Wer ist das?

ERIKA: Theophil Sarder. Er behauptet, der bedeutendste lebende deutsche Dramatiker zu sein; mein Vater meint, das sei wahr.

NICOLETTA. Oh! Wenn dein Vater das meint! Na dann!

Sebastian bedeutet ihnen, weiterzumachen, will ihnen das Folgende soufflieren, doch sie winken ab und fahren fort.

ANJA: „Ich muß jetzt gehen."

ESTHER: *Läuft Anja nach und hält sie fest.* „Warte, warte noch einen Augenblick. Ich glaube, Du bist eine Heilige. Du bist so sanft, sanfter als irgendein menschliches Wesen es sein kann. Sogar Deine Ablehnung ist sanft. Du bist eine dunkle, silbrig schimmernde Heilige. Du läßt alles heilig werden. Alles, was Du tust ist heilig. Alles, was wir miteinander tun ist heilig. Heilige Anja, meine heilige Anja, meine Anja!"

ANJA: „Gehen wir nicht zu den anderen zurück. Komm mit mir in den Garten, in die Nacht."

Sie umarmen sich und geben sich einen ewig langen Kuß. Sebastian, peinlich berührt, versucht erfolglos, sie zu unterbrechen. Er versucht es erneut, wobei ihn die beiden zu Boden ziehen und ihn kitzeln.

SEBASTIAN: Nein! Nein! Entschuldigen Sie!

Die beiden bringen mich immer zum Lachen. Immer bringen sie mich zum Lachen.

SARDER: Wie geht es deinem Vater, Erika?

ERIKA: Gut!

SARDER: Und deiner Großmutter?

ERIKA: Gut!

SEBASTIAN: Der ganzen Mischpoche geht's gut!

SARDER: Ziemlich dürftig, was Du da geschrieben hast, mein Junge!

SEBASTIAN: Ich danke Dir, genau das dachte ich mir auch gerade.

ERIKA: Hör' nicht auf ihn! Er ist unfähig, irgendetwas anderes gut zu finden, als seine eigenen Stücke. Er läßt nur sein eigenes Werk gelten. Shakespeare, Schiller, Sarder: die drei großen S!

SARDER: Also – wo gehst Du essen?
ERIKA: Ich esse mit den anderen.
SARDER: Ich auch, wenn Du erlaubst!
ERIKA: Na gut, aber Du lädst uns ein!
SARDER: Natürlich!
ERIKA: In ein teures Restaurant, wo man in Dollar zahlt!
SARDER: In Dollar?!
ERIKA: Deine amerikanischen Tantiemen – die bekommst Du doch in Dollar ausgezahlt!
SARDER: Dein Vater genauso!
ERIKA: Laß meinen Vater aus dem Spiel. Der geht Dir . . .
SARDER *unterbricht:* Also gut! In Dollar!
Er geht hinaus, die überraschte Nicoletta mit sich ziehend. Sebastian folgt ihnen.
ERIKA *Hendrik bemerkend:* Nun, kommen Sie mit?
Sie gehen hinaus. Aus den Schatten der Kulissen kommen Frau Efeu, Knurr und Miklas hervor.
MIKLAS: All' sowas wird bald in der Jauchegrube landen, Herr Knurr.
Sie wollen essen; da kommt ein Junge herein, schmutzig, abgemagert, mit harten Gesichtszügen.
EFEU: Wer ist das?
MIKLAS: Der trieb sich vorm Theater herum.
Er hat Hunger.
EFEU: Ich mache Euch Butterbrote . . . Aber ich hab' sie versteckt . . . Ich komm' gleich zurück . . .
Sie geht hinaus. Die beiden Männer bleiben mit dem Jungen allein, der sie provozierend mustert. Knurr fühlt sich sichtlich unwohl.
KNURR: Wie alt bist Du?
DER JUNGE: Fünfzehn.
KNURR: Wie heißt Du?
DER JUNGE: Lorenz.
KNURR: Lorenz wer?
LORENZ: Lorenz Lorenz.
KNURR *schwerfällig:* Lorenz Lorenz wer?
LORENZ: Blödmann!
KNURR: Eins sag' ich Dir! Wenn Du so daherredest, kriegst Du kein Butterbrot!
LORENZ: Was denn? Ist es vielleicht verboten „Lorenz Lorenz Blödmann" zu heißen?

KNURR: Meinst Du vielleicht, ich kapier' nicht, daß Du mich verarschst?

LORENZ: Meinst Du vielleicht ich hab' das Spielchen nicht kapiert? – Die Alte haut ab, die Männer bleiben unter sich. Jetzt heißt's den Arsch herzeigen! Wenn Du meinen Arsch sehen willst, dann sag's gleich. Ich lass' die Hose runter, Du machst Dein Geschäft und dann gibst Du mir mein Butterbrot.

Er läßt seine Hose fallen.

KNURR: Ja ... was macht denn der?

Ja ... was macht denn der? Ich schmeiß' ihn raus!

Er verpaßt ihm eine Ohrfeige. Lorenz zieht die Hose wieder hoch.

LORENZ: Und mein Butterbrot?

MIKLAS: Nein! Bei uns bekommst Du ein Butterbrot auch ohne dich ...

Efeu kommt mit Broten zurück, die in Butterbrotpapier eingewickelt sind. Lorenz verschluckt sich vor Gier fast an seinem Brot, auch Miklas schlingt seins hinunter.

LORENZ: Neulich haben mir zwei französische Touristen 'n Essen mit allem drum und dran ausgegeben ... für nix als jedem einen blasen. Die waren nett. Zum Bootfahren auf dem See haben sie mich auch noch eingeladen. Soll großes Elend bei uns herrschen, haben sie gesagt ...

MIKLAS: Ja, Lorenz, es herrscht großes Elend bei uns. Aber das ändert sich eines Tages! Wir sorgen dafür, daß sich das ändert ... Du ... und ich ... Mutter Efeu ... Herr Knurr ... wir sorgen dafür, daß sich das ändert. Die Deutschen müssen endlich aufhören, ihre Hosen runterzulassen! Sie müssen die anderen dazu zwingen, sie runterzulassen!

Lorenz lacht.

Aber dafür müssen wir zusammenhalten, dafür brauchen wir einen Führer! Begreifst Du das, Lorenz? Wenn Du willst, komm' morgen mit, dann bring' ich Dich zu ein paar anderen Jungs, die so sind wie Du. Die nehmen Dich gut auf, Du wirst schon sehen. Und da kannst Du jeden Tag eine Suppe essen.

LORENZ *ungläubig:* Jeden Tag?

MIKLAS: Jeden Tag. Einverstanden?

LORENZ: Na klar.

Sie stoßen alle an.

MIKLAS: Auf unser Deutschland!
KNURR: Auf die Zukunft!
EFEU: Auf den Frieden!
LORENZ: Wie spät haben wir's, Herr Knurr?

Knurr sucht seine Uhr.

KNURR: Sowas! Meine Uhr . . .

Mit verschmitztem Blick findet Lorenz die Uhr im Ausschnitt von Frau Efeu wieder. Sie lachen alle und es beginnt ein kleines Fest, bei dem Lorenz seine Taschenspielertricks vorführt und Frau Efeu auf dem Klavier spielt.

Ende des 4. Bildes

KNURR: „Sowas! Meine Uhr . . .“

FÜNFTES BILD

Ein Luxusrestaurant.

Sarder, Sebastian, Nicoletta, Erika und Hendrik.
Eine große, reich gedeckte Tafel. Ein kleinerer Tisch.
Der Oberkellner reicht Sarder eine riesige Speisekarte; unterdessen gedämpfte Musik vom Orchester.
Sarder bedrängt Nicoletta mit ziemlich derben Annäherungsversuchen. Hendrik fühlt sich in seiner schlechten Kleidung sichtlich unwohl.
Ein kleiner Kellnerjunge bringt Langusten, Sarder wählt sie sorgfältig aus.

SARDER: Langusten! Zeigen Sie mal die Langusten! Diese hier, die da, die kleine schalkhafte dahinten und die mit den dicken Scheren – sie ist zwar ein bißchen ordinär hat aber doch etwas Sinnliches . . .
Zu Nicoletta Und dazu trinkt ‚die beste Freundin' doch bestimmt einen Schluck Frankenwein! Wie gefällt es Ihnen hier, lieber Herr Hendrik? Es ist die einzige ‚Bude' in Hamburg, in der man heutzutage noch was Genießbares zu essen bekommt!

ERIKA: Herr Hendrik fühlt sich in diesem ‚Kapitalistenlokal' fehl am Platze. Dafür ist er mir böse.

HENDRIK: Ich bin nicht auf *Sie* böse.

SARDER: Aha! Ich habe das Gefühl, wir werden uns über die Revolution unterhalten. Also los! Herr Hendrik, erzählen Sie uns von Ihrer Revolution. Kellner, bringen Sie die Langusten!

NICOLETTA: Es ist doch schon ein revolutionärer Akt, sich von einem Reaktionär, den man verachtet, zum Langustenessen einladen zu lassen.

SARDER: Unsinn! Großer Unsinn! Die Verachtung ist eine *Erfindung* der Reaktionäre – die machen damit Geschäfte. Sie werden niemals soviel Verachtung für die Reaktionäre aufbringen, wie die für Sie, meine Kleine.
Das Orchester stimmt einen Slow an. Sarder erhebt sich, fordert Nicoletta zum Tanzen auf. Einige Augenblicke spä-

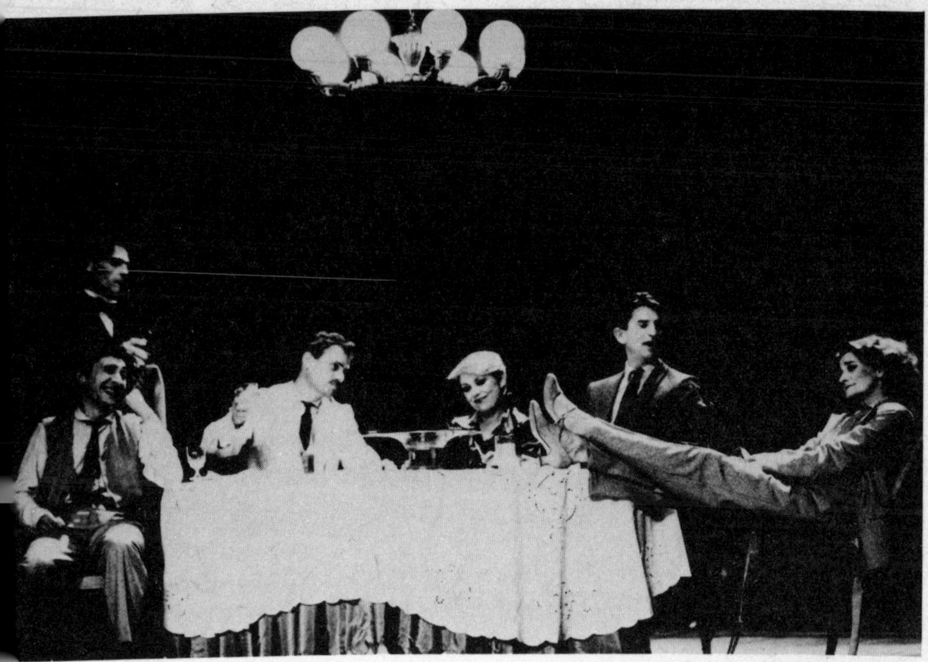

ERIKA: „Herr Hendrik fühlt sich in diesem Kapitalistenlokal fehl am Platze . . ."

ter traut sich Hendrik, Erika aufzufordern. Sebastian, allein am Tisch geblieben, sieht ihnen zu und trinkt. Nicoletta läßt den verblüfften Sarder stehen und schließt stattdessen Erika in die Arme. Die beiden Frauen tanzen. Niemand bemerkt, wie der Oberkellner den Kellnerjungen ohrfeigt.

SARDER: Ein Trauerspiel! Lahme Enten! Meine lieben Freunde, wir müssen uns mit als Frauen verkleideten lahmen Enten begnügen! Mit Zwitterwesen! Seht sie Euch nur an! Aber uns verachten sie. Ich habe Lust, die Kellner dafür zu bezahlen, daß sie ihnen die Hosen runterziehen und ihnen die Lektion erteilen, die sie verdienen!

Sebastian macht sich über Sarders Entrüstung lustig und schließt sich dem Tanz der beiden Frauen an – diese nehmen ihn zärtlich auf.

Er ist blau.

Sehen Sie sich diesen mißratenen Sprößling eines Genies an – der macht da mit! Denn, stellen Sie sich vor, er ist es, den sie ihre schönen Lippen, ihre schönen samtigen Hintern, ihre schönen, kleinen weißen Brüste genießen lassen. Das wußten Sie sicherlich, Herr Höfgen; überall redet man davon, also wird es wohl stimmen: Die schönen Brückner-Zwillinge und ihre beste Freundin. Die skandalöse Klein-Konstellation. Ekelhaft.

HENDRIK: Aber Herr Sarder, ich muß mich wundern . . . In ihren eigenen Stücken gibt es Szenen, die ebenso skandalös und dabei viel weniger zärtlich sind.

SARDER: Kunst ist niemals skandalös. Der Dichter läutert selbst seine teuflischsten Geschöpfe. Was auf der Bühne gewagt ist, wird im Leben vulgär, wird zum Skandal!

SEBASTIAN: Blablabla, blablabla, blablabla.

HENDRIK: Warum aber sich aufregen, wenn das Leben gelegentlich . . . Andersartiges und Keusches anbietet?

SEBASTIAN: Nun . . . Sarder . . . warum?

SARDER: Mein Theater ist nicht das Leben. Diese vulgäre Ambition habe ich nicht. Mein Theater hat mit dem Leben nichts zu tun. Das Theater bewegt sich im Außergewöhnlichen.

SEBASTIAN: Aber mein Theater soll das Leben sein, nichts als das Leben, das äußere Leben, das innere Leben, die Kunst, die Politik, die Liebe, dieser Wein . . .

ARDER: „Sehen Sie sich diesen mißratenen Sprößling eines Genies an – der macht
a mit!"

SARDER: Bäh!!! Plattheiten!!! Wahrscheinlich sind Sie mit ihm auch noch einer Meinung?

HENDRIK: Ja, mein Herr. Es ist Aufgabe des Theaters das *Leben* zu erzählen. Politisch ist das Theater schon deshalb, weil es vom Fortschritt der Menschheit spricht. Eben dieses versuchen wir im Sturmvogel . . .

SARDER: „Sturmvogel"?

HENDRIK: So heißt das Kabarett, das ich leite. Gemeinsam mit einigen Genossen mache ich anderes Theater als Sie, Herr Sarder – ein Theater der Zukunft, das der Arbeiterklasse gehören wird.

SARDER: Der Arbeiterklasse?

SEBASTIAN: Ja, der Arbeiterklasse.

SARDER: Dann wäre also „Anja und Esther" für die Arbeiterklasse?

SEBASTIAN: „Anja und Esther", warum denn nicht? Nur weil es Dir nicht gut genug ist . . .

SARDER: Aber wenn es mir nicht gut genug ist, dann ist es auch für die Arbeiterklasse nicht gut genug!

HENDRIK: Die Arbeiterklasse braucht kein bürgerliches Theater.

SEBASTIAN: Siehst Du, Sarder, die Arbeiterklasse braucht Dich nicht!

SARDER: Aber auf Euch, auf Euch wartet sie voller Ungeduld! Die Arbeiterklasse braucht Shakespeare nicht, sie braucht Goethe nicht, nicht Tschechow, Molière oder Sophokles, dafür aber *Dich* und *Ihn*!

HENDRIK *gewichtig:* Die Arbeiterklasse braucht ein revolutionäres Theater!

SARDER: Was die Arbeiterklasse braucht, ist *Wahrheit!* . . . Wir alle brauchen Wahrheit und die ist heutzutage ein äußerst seltenes Gut.

Der Offizier tritt auf, setzt sich an den kleinen Tisch.

SEBASTIAN: Ist der aber schön! Ein echter Mann! Was für eine Haltung! Dahinter steht eine ganze Zivilisation . . . Aber leider, leider . . .

SARDER: Wieso denn leider? Hat man schon was Besseres geschaffen? Sind deine physischen und moralischen Qualitäten etwa größer als die dieses Soldaten? Ist nicht unser Zeitalter verzweifelter und verkommener als das Seine?

ERIKA: Iß deine Languste Theo, und laß das Trinken, sonst

redest Du noch dummes Zeug! Ihr redet alle dummes Zeug.

SARDER *ist betrunken:* Von uns allen bin ich der Einzige, der das Recht hat, unsere Zeit zu beurteilen. Ich sage Euch, daß unsere oberflächliche und vulgäre Epoche in nichts mit meiner Jugendzeit rivalisieren kann – und die habe ich schon in alles Gift getaucht, das ich nur verspritzen konnte! Wir waren ein Volk der Soldaten und Dichter, das ist schon schlimm genug, aber wir entwickeln uns zu einem Volk der Krämer! Zum Kotzen! Dieser lächerliche Kerl dahinten, der ganz starr dasitzt . . . der hat wenigstens Rückgrat. Sie . . . Herr Hendrik Höfgen, haben Sie gedient?

Hendrik zögert mit der Antwort.

HENDRIK: Nein, mein Herr. Natürlich nicht. Gottseidank.

SARDER: Da haben wir's. Keinerlei Disziplin, also keinerlei Persönlichkeit! Keine Zucht!

SEBASTIAN: Sarder! Ich bin überwältigt von dem was ich da höre – wir sind überwältigt.

SARDER: Und ich bin überwältigt von dem was ich *sehe!* Seht ihn an . . . ein Relikt. Er und ich, lächerlich sind wir, Hofnarren der Ratten. Deutschland von Ratten bevölkert, das ist es, was ihr wollt.

Er beginnt zu weinen.

ERIKA: Also Theo! Sei still und iß Deine Languste.

SARDER: Wir steuern in den Abgrund. Unsere Zeit ist in Verwesung. Sie stinkt und ich bin der Einzige, der diesen um sich greifenden Gestank wahrnimmt. Ich sehe die Katastrophe. Sie wird beispiellos sein. Alles wird sie verschlingen. Und wir werden alle unter Bergen von Exkrementen begraben. Ihr tut mir leid, Kinder, Ihr werdet Euer Leben nicht ausleben! Verrotten werdet Ihr, noch bevor Ihr gelebt habt. Ihr verrottet ja schon jetzt, wie die Blumen in einem verregneten Frühling.

Er schluchzt, einem Nervenzusammenbruch nahe. Sebastian und Hendrik führen ihn hinaus. Nicoletta ist sichtlich überwältigt. Sie macht Anstalten, zu gehen.

ERIKA: Warte. Wo willst Du hin?

NICOLETTA: Ich liebe diesen Mann. Leidenschaftlich.

ERIKA: Du bist verrückt!

NICOLETTA: Ja, seit einem Augenblick.

ERIKA: Ich muß Dir etwas sagen.

 NICOLETTA: Über die Sterne?

ERIKA: Über diesen Mann. Er ist gefährlich!
NICOLETTA: Warum?
ERIKA: Weil er verzweifelt ist.
NICOLETTA: Dann bin ich verloren. Laß' mich gehen, Erika.
Sie geht hinaus, Erika bleibt allein zurück. Sie ist aufgelöst. Hendrik kommt zurück.
HENDRIK: Nicoletta von Niebuhr hat mich gebeten, Ihnen etwas auszurichten.
ERIKA: Dann richten Sie es aus!
HENDRIK: Sie bittet Sie, ihre Freundin zu bleiben.
Sie hat sich in den Wagen geworfen, hat das Steuerrad ergriffen; der Chauffeur blieb auf dem Trottoir zurück . . . der arme Mann rief: „. . . aber du meine Güte, sie entführt ihn ja!" . . . das habe auch ich mir gesagt . . .
War sie Ihre beste Freundin?
ERIKA: Sie ist noch immer meine beste Freundin.
HENDRIK: Ja, natürlich . . . *Schweigen.*
Der Offizier geht unter Verbeugungen des Oberkellners hinaus.
Seit gestern . . . welch ein Leben . . . Die Premiere ein Triumph. Ich lerne den Sohn des berühmtesten lebenden deutschen Schriftstellers kennen, ich lerne den wichtigsten lebenden deutschen Dramatiker kennen. Der Dollar steht bei 5 Milliarden Mark. Man lädt mich in ein Reiche-Leute-Lokal ein, wo ich für 50 Milliarden Mark speise . . . Ich erlebe mit, wie sich jemand blitzartig bis über beide Ohren verliebt . . . Ach . . . ich bin jung und schon so vielversprechend . . . Ich glaube, ich werde Gottschalk um eine Gehaltserhöhung angehen und – vielleicht verliebe ich mich auch noch . . . bei diesem Gedanken schlägt mir das Herz schneller, denn im Glück habe ich noch keine Erfahrung . . .
ERIKA: Hat dieser Abend Sie etwa auf glückliche Gedanken gebracht?
HENDRIK: Ich weiß, daß Sie heute abend unglücklich sind; dabei sind Sie es doch, die mich ans Glück denken lassen . . . Sie blenden mich . . . auf so eine Begegnung warte ich seit meiner Kindheit, als ich meinem Vater und meiner Mutter zusah, wie sie gelangweilt ihr Bier tranken, in einem Wohnzimmer in dem kein einziges Buch vorhanden war. Da habe ich mir geschworen, eines Tages elegant zu sein, zart und verführerisch, unter lauter empfindsamen und gebildeten

Menschen. Irgendjemand wird kommen, habe ich mir gesagt, der heilige Nikolaus, ein Gangster, eine Frau, die mich dieser ach so traurigen, düsteren und stumpfsinnigen kleinen Dresdener Straße entreißen wird. Ihre Traurigkeit erweckt in mir eine unerhörte Hoffnung.

Aber, . . was ist denn in dieser Flasche? Das ist kein Wein, den wir da getrunken haben, das ist ein Liebestrunk . . . Erika, Sie haben doch auch davon getrunken . . . Sie müssen mich schnell ansehen, sonst verlieben Sie sich womöglich in den Oberkellner, der gerade hereinkommen könnte, oder in diese Languste . . . Erika Brückner, warum verlieben Sie sich nicht in mich? Was könnten Sie heute abend Besseres tun?

Er ist auf den Knien, ihr zu Füßen.

ERIKA: Was geschieht mit uns? Sarder hat Recht. Die Welt gerät aus den Fugen, sie schwankt . . .

Sebastian ist wiedergekommen. Er sieht ihnen zu.

HENDRIK: Ich brauch Dich. Ich bin schlecht. Nimm das Gute in mir. Kultiviere es, sonst bin ich verloren! Rette mich! Du bist ein Engel. Du bist eine Zauberin. Du kannst alles. Wenn Du mich nicht liebst, ist es um mich geschehen . . . dann wird nie etwas aus mir.

ERIKA: Versuchen wir's, versuchen wir es, wenn Du unbedingt willst.

Was bleibt uns noch anderes übrig? . . .

Sebastian geht auf Erika zu. Der Oberkellner gibt dem Orchester ein Zeichen, worauf es einen Slow anstimmt. Die drei beginnen, zusammen zu tanzen. Sebastian trocknet Erikas Tränen. Der Oberkellner leert sehr würdevoll ein Weinglas.

Ende des 5. Bildes

SECHSTES BILD

Im Sturmvogel

Eine Probe.
Musikalische Einleitung.
Improvisation: Hitler findet in der Einsamkeit seiner Landsberger Zelle seinen berühmt-berüchtigten Gruß.

OTTO: Besuch! Der Herr Kanonenverkäufer!
Er setzt seine Maske auf und kommt auf die Bühne.

DER GROSSINDUSTRIELLE (Otto): Kennen Sie schon das Wahlergebnis vom 4. Mai 1924? Nein? Aber heute ist doch schon der 5. Mai. Nun haben wir's – die Kommunisten hatten 4 Sitze, jetzt haben sie 62! Sie können sich vorstellen, wie tief ich in der Scheiße sitze, wenn wir diese bolschewistische Springflut nicht eindämmen.
Und Ihre jämmerliche Niederlage erleichtert mir nicht gerade das Geschäft! Wenn ich da an Mussolini denke . . . der Marsch auf Rom! Sie müßten rot werden vor Scham. Gott weiß, daß es in der deutschen Armee genug gutwillige Offiziere gibt, die bereit stehen, uns zu helfen. Benutzen wir doch die Militärs, zum Teufel! Ich erwarte hier übrigens gerade . . .

EINE STIMME: . . . den Herrn Generalstabschef vom Rest der deutschen Armeen!!
Clownesker Auftritt VONSIEG's.

VONSIEG *gedankenverloren:* In den Hintern hat man uns . . . Alles Juden!

DER GROSSINDUSTRIELLE: Mein lieber Vonsieg, gestatten Sie mir, Ihnen einen Ihrer glühendsten Verehrer vorzustellen.

VONSIEG: Alles Schlappschwänze! Armes Deutschland! Alles Verräter! Deutsche gibt es auf der ganzen Welt!

DER GROSSINDUSTRIELLE: Eben, mein junger Freund hier ist ganz Ihrer Ansicht und . . .

VONSIEG: Österreich . . . Österreich – das ist voll von Deutschen! Annektieren wir Österreich!

DER GROSSINDUSTRIELLE: Genau das hat er mir auch gerade vorgeschlagen. Wollen Sie nicht . . .

VONSIEG: Polen! Voll von Deutschen! Annektieren wir Polen!

DER GROSSINDUSTRIELLE: Ja, natürlich, aber vorher . . .

VONSIEG: Elsaß-Lothringen, die Tschechoslowakei, das ist alles Deutsch! Die Schweiz, Belgien, Spanien, die Kanarischen Inseln – da unten gibt's doch nur Deutsche . . . Annektieren!

DER GROSSINDUSTRIELLE: Hören Sie, das Wichtigste scheint mir aber das Wahlergebnis zu sein!

VONSIEG: Und Panama? He? Panama! Tausende unterdrückter Deutscher sitzen in Panama. Annektieren wir Panama!

DER GROSSINDUSTRIELLE: Aber die Bolschewiken! Die Bolschewiken! Was machen Sie mit den Bolschewiken?

VONSIEG: In der Sowjetunion gibt es Deutsche. Annektieren wir die Sowjetunion!!!

DER GROSSINDUSTRIELLE: Aber es gibt in *Deutschland* Bolschewiken! Da können Sie sich die Reise sparen . . .

VONSIEG: Alles Juden!
An die Wand mit ihnen!

DER GROSSINDUSTRIELLE: Mein guter Vonsieg, ich verstehe ja Ihre berechtigte Entrüstung, aber um bei den Bolschewiken zu bleiben, – es wird Ihnen nicht entgangen sein, daß es Ihre meuternden Soldaten waren, die die Revolution angezettelt haben!

VONSIEG: Wie hieß noch dieser General, der 10.000 Meuterer füsilieren ließ?

DER GROSSINDUSTRIELLE: Petain . . . Philippe Petain.

VONSIEG: Annektieren wir Petain!

DER GROSSINDUSTRIELLE: Das ist aber ein Franzose . . .

VONSIEG: Es lebe Bismarck!
Es lebe Friedrich Wilhelm!
Es lebe das 15. Jahrhundert!
Es lebe die Steinzeit!

DER GROSSINDUSTRIELLE: Ich pfeif' auf Friedrich Wilhelm! Ich hab' nur keine Lust, am Ende für zehn Rubel Monatslohn meine Fabrik auszukehren! Vonsieg! Brauchen Sie nun die Söldner und paramilitärischen Organisationen von Herrn Hitler, um in Deutschland wieder Ordnung zu schaffen, ja oder nein?

 VONSIEG: Nein!

DER GROSSINDUSTRIELLE: „. . . sobald er den Bolschewiken den Schädel eing-
schlagen hat, laß ich ihn wieder fallen!"

DER GROSSINDUSTRIELLE: Kurt! Hör mal, Kurtchen . . . ich hab' ihn doch fest im Griff – sobald er den Bolschewiken die Schädel eingeschlagen hat, laß' ich ihn wieder fallen!

Darüber lacht sich Hitler ins Fäustchen.

VONSIEG: Natürlich brauchen wir sie. Wir können sie sogar mit Decken ausrüsten!

DER GROSSINDUSTRIELLE *zu Hitler:* Na also! Abgemacht! Die Decken haben Sie bereits! Für den Rest – das große Geld und so – besuchen Sie mich, wenn Sie hier rauskommen. Heil Hitler! Wärter! Schnell! Wir wollen hier raus!

Er klopft an die Tür. Der Wärter (Alex) kommt, um ihnen die Tür zu öffnen. Aber er zögert, schiebt sie zurück, und macht die Tür wieder zu. Triumphierend sieht er Otto an.

OTTO: Ja, was machst Du denn?

ALEX: Ich lasse sie nicht raus.

OTTO: Ja, aber . . .

ALEX: Ich finde, wir brauchen einen positiven Helden.

OTTO: Also gut, Du läßt sie nicht raus . . . Einverstanden. Los. improvisiere . . . Kommt, wir fangen noch mal an.

DER GROSSINDUSTRIELLE: Schnell, frische Luft! Wärter, wir wollen raus hier – wir kriegen keine Luft mehr!

Der Wärter verriegelt die Tür. Er rennt nach vorn an den Bühnenrand.

ALEX: Genossen! das Spiel ist aus!
Wißt ihr, wer da drinnen ist?
Kapitalisten!
Nieder mit der Bourgeoisie!
Nieder mit dem Weltkapitalismus!
Vorwärts, Brigaden, die Reihen fest geschlossen!
Vorwärts zum Aufbau des Sozialismus!
Es lebe die Weltrevolution!
Heil der Sowjetunion!
So! Klipp und klar und optimistisch! *Po - si - tiv!*

MAGNUS: Ja, ja. Aber wenn Du den Wächter positiv darstellst, mußt Du seinen Chef negativ darstellen – der gibt ihm einen kräftigen Arschtritt und sagt ihm:
„Du Trottel! Mach diesen Herrn sofort die Tür auf, oder Du fliegst selber ins Loch!" Und außerdem – ein junger Schauspieler, der angeblich politisch denkt und dabei brüllt: „die Reihen fest geschlossen, die Reihen fest geschlossen, Heil der Sowjetunion!" wobei er auch noch so die Augen zukneift . . . ich behaupte, das ist kein Schauspieler . . . ich behaupte, das ist ein gewöhnlicher Propagandist, ein Kopfschrumpfer!

ALEX: Ich bin ein kommunistischer Arbeiter.

MAGNUS: Was nicht unbedingt gleichbedeutend mit Kopfschrumpfer ist.

ALEX: Ich bin ein kommunistischer Arbeiter und ich vergesse es nicht, daß mein Gegenüber eigentlich nichts anderes ist als ein sozialdemokratischer Kleinbürger – Schluß jetzt mit diesen Clownerien! Wir machen hier doch gar kein revolu-

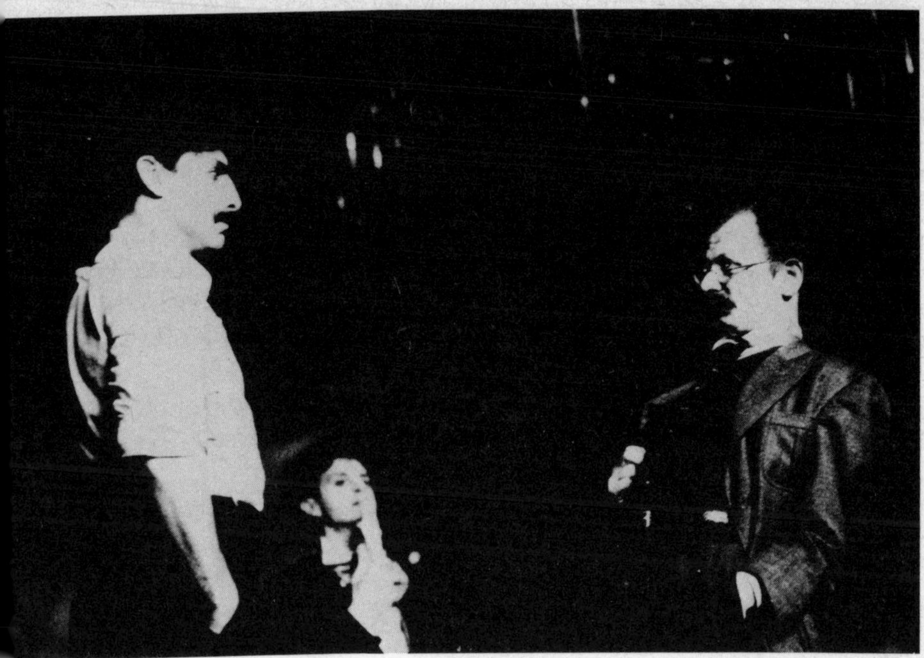

ALEX: „. . . und ich vergesse nicht, daß mein Gegenüber nichts anderes ist, als ein sozialdemokratischer Kleinbürger . . ."

tionäres Theater. Wir greifen hier doch auf bürgerliche Belustigungsmethoden zurück.

MYRIAM: Was sagt er da? Was sagt er da? Erklärt mir's doch! Erklär mir doch, mein Kleiner . . . was muß ich denn tun, um ins Paradies des revolutionären Theaters einzugehen?

ALEX: Was wir brauchen, ist ein Theater, das ebenso wirksam ist, wie unsere Flugblätter. Schließlich sitzt Hitler im Gefängnis. Das deutsche Volk ist nicht das italienische Volk. In Deutschland ist der Faschismus undenkbar. Dafür ist die deutsche Arbeiterklasse politisch viel zu gut gebildet. Dagegen steht der dauernde Verrat der Sozialdemokratie – da liegt die wahre Gefahr. Vergessen wir doch nicht, daß es Noske war – ein sozialdemokratischer Abgeordneter – und nicht Hitler, der unsere Genossen hat über den Haufen schießen lassen. Die Herrschaft der Bourgeoisie bleibt immer die Herrschaft der Bourgeoisie, ob sie sich nun Faschismus nennt oder Demokratie.

MYRIAM: Also, was ist nun – kommen sie raus oder bleiben sie drinnen?

OTTO: Ich weiß nicht. Ehrlich gesagt, geht mir dieses Durcheinander auf die Nerven. Wenn nicht der Faschismus die wahre Gefahr ist, machen wir eben nichts über Hitler im Gefängnis, suchen wir ein anderes Thema. *Schweigen. Alle überlegen.*

Ach, übrigens, Theresa muß mit ihrem Bühnenbild fertig geworden sein. Wollt ihr es sehen? Du, Alex, geh' doch mal hinauf . . .

Der Wärter geht ins Bühnenhaus hinauf und läßt eine aufgerollte Leinwand herunter, auf der eine Straßenszene à la Grosz zu sehen ist. Aber die Leinwand ist mit Parolen beschmiert worden.

JUDEN, KOMMUNISTEN, SOZIALDEMOKRATEN . . . WARTET NUR!!! WIR KRIEGEN EUCH NOCH!!!

Die Lichter erlöschen.

„JUDEN, KOMMUNISTEN, SOZIALDEMOKRATEN! WARTET NUR! – WIR KRIEGEN EUCH NOCH!"

Im Sturmvogel

Einige Stunden später.
Otto und Theresa sind dabei, die Schmiererein von der Leinwand zu entfernen.

THERESA: So, jetzt können sie wieder von vorne anfangen.
Sie geht etwas zurück.

OTTO: Nun, wenn sie das tun, machen wir es eben noch einmal weg.

THERESA: Bis sie es uns eines Tages mit Axthieben ins Gesicht schreiben. Ich hab' Angst! Wenn Du wüßtest . . . Ich verstehe das nicht . . . niemand um mich herum hat solche Angst. Ich könnte mich vor Angst übergeben!

OTTO: Komm und arbeite mit uns. Ich versichere Dir, wenn man Angst hat, ist der Kampf das einzige Heilmittel.

THERESA: Blablabla . . . Ich mag nicht, wenn Du wie ein Flugblatt daherredest. Ich komme, wenn Höfgen auch kommt.

OTTO: Er ist doch da . . . im Moment kommt er nicht zu den Proben, aber er ist bei uns. Er ist ein überzeugter Sozialist, Theresa, Du tust ihm Unrecht . . .

THERESA: Das ist doch normal. Schließlich habe ich Lust, mit ihm zu schlafen. Ich geh' jetzt. Kommst Du mit? . . . Nein?? Erwartest Du jemanden? Ja? Wen denn?? Guter Gott, ich kann dermaßen neugierig sein. Komm Theresa, wir gehen . . .
Sie geht ab. Otto rollt die Leinwand auf, schaltet die Bühnenbeleuchtung aus.

CAROLA: Otto?

OTTO: Bist Du es, mein großer Star . . . ?

CAROLA: Ja. Ich bins. Otto, ich habe eine schlimme Nachricht. Es tut mir so weh für Dich, Otto . . .

OTTO: Was ist denn passiert?

CAROLA: Lenin ist tot.
Schweigen. Otto stammelt wie ein kleiner Junge.

OTTO: O mein Gott, ich flehe Dich an, mach daß das nicht wahr ist, mach daß das nicht wahr ist . . . ich flehe Dich an . . . das darf nicht . . . nicht jetzt . . . nicht sofort . . . später . . . was wird mit uns geschehen?

Ende des 6. Bildes

SIEBTES BILD

Im Hause Thomas Brückners.

Ein milder Septemberabend auf der Veranda.
Thomas, Sebastian, Erika, Nicoletta, Theophil, Hendrik, besonders elegant gekleidet, fühlt sich sichtlich unwohl in seiner Haut.
Einige lesen, andere träumen vor sich hin.
Nicoletta legt eine Patience.
Es herrscht eine schöne, sanfte Stimmung.
Sebastian singt. Thomas, sein Vater, begleitet ihn am Flügel.

THOMAS: Ach, wie schön Du Schubert singst, mein Junge – und wie schlecht ich ihn spiele; bei diesen Liedern muß ich immer an den Satz von Dostojewski denken: „Die Schönheit wird die Welt retten." Steht der in den „*Brüdern Karamasow*" oder in den „*Aufzeichnungen aus einem Totenhause*"? He, Theo, Du müßtest das eigentlich wissen . . .?

SARDER: Keine Ahnung!

ERIKA: Er ist aus den „*Besessenen*"

Sie räkelt sich in ihrem Sessel. Sebastian photographiert. Emelyne, das Hausmädchen, dient ihm mit einer tragbaren Lampe als Beleuchterin.

SEBASTIAN: Stimmt nicht! Das ist aus „*Schuld und Sühne*".

ERIKA: Aber nein . . . Er ist aus . . . „*Anna Karenina*".

Sie lachen.

THOMAS: Egal wo er steht – jedenfalls ist er eine große Weisheit.

HENDRIK: *zu Erika:* Aber „*Anna Karenina*" ist nicht von Dostojewski.

ERIKA: Nein!? Bist Du Dir ganz sicher??

NICOLETTA: Sebastian, photographier' mich mit Erika.

THOMAS *zu Hendrik:* Kommen Sie! Setzen Sie Sich für die Aufnahme zu uns her. Komm, Erika, komm. Ich hoffe, Du arbeitest immer noch an Deinen Gedichten und Liedern? – Mein Töchterchen mit den dünnen, zerkratzen Beinen und der Knabenfrisur; abends kamst Du zu mir und sagtest: „Vater, Du bist doch ein Zauberer – sag' dem gräßlichen Wesen dort oben auf meinem Schrank, daß es fortgehen soll, denn es macht dem Sebastian Angst . . . " Du Böse – jetzt hast Du einen anderen Zauberer gefunden, vor dem ich mich in Rauch auflösen werde; Er hat einen so schönen Anzug an! Nun, Schwiegersohn . . .

HENDRIK *peinlich berührt:* Ja?! . . . Seltsam ist das, ein Flügel auf der Veranda.

THOMAS: Ach ja . . . Oh, der Flügel folgt uns häufig. Einmal, als es Pfannkuchen gab, haben wir ihn bis in die Küche geschoben.

Morgen reise ich ab . . . schade, wir werden kaum Zeit haben, uns ein wenig zu unterhalten.

SEBASTIAN: Du verreist morgen – warum denn?

THOMAS: In Frankfurt ist morgen eine Goethe-Feier, also muß ich hinfahren, um Goethe zu feiern . . . es ist lästig, aber, was soll ich machen? Mich quält jetzt schon der Gedanke, daß ich mit Sicherheit meinen Zug verpasse.

ERIKA: Ach ja! Genau! Wo ist eigentlich das Kursbuch gelandet? Haaaah! Ich habe das deutliche Gefühl, es liegt ein Drama in der Luft!

Sie geht hinaus.

HENDRIK *zu Nicoletta:* Ich langweile mich hier!

NICOLETTA: Wir sind zwei buntgefiederte Vögel – fleischfressende Vögel . . . von dieser Familie zarter Pflanzenfresser wird man nicht so ohne Weiteres aufgenommen. Los Theo, mach' ein Photo von uns!

SARDER: Pfff . . . ich kann mit solchen Apparaten nicht umgehen.

ERIKA *kommt zurück:* Wo ist das Kursbuch?

SEBASTIAN: Auf dem Zeitschriftenstapel im Klo, wie immer.

ERIKA: Ach was! Nein! Eben nicht! Da komme ich gerade her. Das Kursbuch ist nicht mehr im Klo. Niemand tut es je an seinen Platz zurück! Theo!

SARDER *ärgerlich:* Als ich es zuletzt gesehen habe, war es auf dem Klo und ich hab' es nicht angerührt!

Emelyne, unterstützt vom Chauffeur Ludwig, serviert Erdbeeren.

THOMAS: Ahh, Herbsterdbeeren. Die letzten Erdbeeren. Dieser Duft von . . . vergehender Zeit. Emelyne, meine Liebe, was haben Sie entschieden? Heiraten Sie nun den Ludwig, oder lassen Sie ihn weiter zappeln?

THOMAS: „Du Böse, jetzt hast Du einen anderen Zauberer gefunden . . .“

EMELYNE: Ich werde ihn noch ein wenig schmoren lassen, und wenn er dann schön gar ist, heirate ich ihn am Ende.

THOMAS: Kluge Emelyne. Ludwig, Sie sind ein schöner junger Mann; aber, denken Sie daran: sie ist besser als Sie, nicht wahr, Ludwig?

LUDWIG: Ja, sie ist besser als ich.

ERIKA: Emelyne, meine Emelyne – Du kommst zu mir. Vater, gib mir Emelyne. Du könntest mir kein schöneres Hochzeitgeschenk machen.

THOMAS: Emelyne, wollen Sie mich verlassen und zu Fräulein Erika und ihrem Gatten ziehen?

EMELYNE: Das möchte ich gern – zusammen mit Ludwig.

THOMAS: Sie brechen mir das Herz . . . aber es sei! Und Du, mein Junge, wo kommst Du her, wo gehst Du hin? Was hast Du dieses Jahr vor?

SEBASTIAN: Ich komme von nirgendwoher. Ich habe nichts getan und werde wahrscheinlich nächstes Jahr kaum mehr tun. Den Kopf etwas höher, Vater, sonst ist Dein Gesicht im Schatten.

ERIKA: Er lügt. Zwei Stücke hat er geschrieben und die sind in Hamburg und München aufgeführt worden . . .

SEBASTIAN *zu Thomas:* Wir beide sind mit einer Karikatur im „Simplizissimus" beehrt worden.

THOMAS: O weh, o weh!

SEBASTIAN: Nein, warte, ich finde sie sehr lustig: Mich haben sie hinter Deinem Sessel stehend gezeichnet, so etwa. Ich beuge mich zu Dir herunter und sage Dir: „Papa, man sagt, daß Genies keine Genies zeugen können. Also . . . dann bist Du kein Genie, Papa!" Das ist doch eine schöne Karikatur, oder?

THOMAS: Sebastian . . . lieber Kollege . . . mein väterliches Herz ist voller Hoffnungen.
Theo, was hast Du, schmollst Du? Du bedrückst mich ebenso wie Deine anbetungswürdige Gattin.

SARDER: Ich schmolle nicht.

THOMAS: Weißt Du, daß ich die Ulmen in der Auffahrt abholzen lassen muß?

ERIKA: Die Ulmen in der Auffahrt? Aber warum denn?

THOMAS: Weil sie krank sind. Unheilbar krank. Alle Ulmen in Deutschland werden absterben, und danach alle Ulmen der Welt. Es ist hoffnungslos. So um 1984, 1985 herum wird es keine einzige Ulme mehr auf der Welt geben. Sie werden alle abgestorben sein.

Schweigen.

ERIKA *rezitiert:* „Mutter bittet Sie, die Bäume vor ihrer Abreise nicht zu fällen."

SEBASTIAN: „Wir müssen aufbrechen. Es ist nicht mehr viel Zeit. Was riecht hier so nach Hering?"

ERIKA: „Lebewohl, mein liebes Haus, mein liebes altes Haus. Der Winter wird vergehen und im Frühling wird es Dich nicht mehr geben, man wird Dich abgerissen haben."

HENDRIK *zu Erika:* Kannst Du den *„Kirschgarten"* auswendig?

ERIKA: Seit meinem zehnten Lebensjahr.

HENDRIK: Du auch, Sebastian?

SEBASTIAN: Ich auch. An Sommerabenden haben wir mit Nicoletta zusammen den vierten Akt rezitiert. Erika und ich brachen am Ende immer in Tränen aus.

ERIKA: „Einen Augenblick bleibe ich noch sitzen. Mir ist, als hätte ich die Wände, die Decke dieses Zimmers früher nie gesehen. Und jetzt könnten meine Augen sich in diesem zärtlichen, liebevollen Blick verlieren . . . "

„Wenn wir fort sind, ist hier keine Menschenseele mehr . . . "

SARDER: „Meine Freunde, setzen wir uns in den Wagen . . . Es ist Zeit. Gleich kommt der Zug!"

NICOLETTA: „Leb wohl, Haus, leb wohl, altes Leben!"

SARDER: „Guten Tag, neues Leben!"

ERIKA: „Ljuba und Gaev fallen einander in die Arme und schluchzen, leise, aus Furcht, gehört zu werden"

SEBASTIAN: „Meine Schwester, meine Schwester . . . "

ERIKA: „O mein Garten . . . mein lieber, mein zärtlicher und schöner Garten, mein Glück, leb wohl!"

NICOLETTA *von ferne:* „Mama!"

ERIKA: „Wir kommen!"

SEBASTIAN: *„Sie gehen hinaus. Man hört, wie alle Türen abgeschlossen werden. Schritte. Firs, der alte Diener, erscheint durch die Tür rechts. Er ist krank."*

THOMAS: „Abgeschlossen. Sie sind fort . . . Mich haben sie vergessen. Macht nichts. Ich werd' mich hier ausruhen. Schon ist das Leben vorbei, wo man glauben könnte, noch gar nicht gelebt zu haben.

Ich leg' mich ein Weilchen hin.

Keine Kraft hast Du mehr, überhaupt keine . . . Du . . . schlapper Sack! . . .
Man hört in der Ferne, wie vom Himmel kommend, den Ton einer gesprungenen Saite, einen melancholischen Ton, der langsam erstirbt, fern im Garten hört man nur noch die Axthiebe gegen die Baumstämme."

Ende des 7. Bildes

PAUSE

PROLOG II

DER SCHAUSPIELER *zum Publikum:* Die Jahre vergingen, und sie schenkten diesen Jahren nicht genügend Aufmerksamkeit.
1925, 1926, 27, 28. Selbst der Ausbruch der Depression von 1929 konnte noch als natürliche Erschütterung unserer Gesellschaft gelten und, so dachten sie, eine Erschütterung genügt sich selbst, sie löst nicht unbedingt eine weitere aus. Tatsächlich löste 1929 gar nichts aus, denn alles war ja seit langem da. Doch die Ratten kamen endlich aus ihren Löchern und man sah, daß es unzählige waren.
In jenem schönen September 1930 sahen sie sich gezwungen, die Augen zu öffnen und zu erkennen, daß es unzählige waren. Das weiße Deutschland, das rote Deutschland, das düstere Deutschland gebar ein verwestes Fleisch und dieser Gestank – ekelerregend! – stieg selbst zu ihren feinen Nasen empor.

ACHTES BILD

Zu Hause bei Hendrik und Erika.

Beim Frühstück. Hendrik liest einen Brief zu Ende, legt ihn hin.

HENDRIK: In Berlin verlangt man nach mir. Mehrere Bühnen machen mir Angebote ... interessante Angebote. Reinhardt möchte mich kennenlernen. Willst Du nicht einmal wissen, was ich ihnen antworten werde? ... He!

ERIKA: Nimmst Du an?

HENDRIK: Selbstverständlich nicht! Ich lehne ab, schließlich habe ich mein Ehrenwort gegeben ...

ERIKA: Wann kommt das Wahlergebnis?

HENDRIK *verträumt:* Welches Ergebnis?

ERIKA: Hendrik! Die Wahlen!

HENDRIK: Otto wartet es an der Presseagentur ab und bringt es mir – ich erfahr' es sogar noch vor den Kiosken. Ich bin durch mein Ehrenwort hier festgenagelt ... aber schließlich hält mich nach dem Faust nichts mehr in Hamburg ... für das nächste Jahr habe ich nichts versprochen ... wie bitte? ... abgesehen vom Sturmvogel ... Ich muß an den Sturmvogel denken ... was sagst Du? Was sagst Du?

ERIKA: Ich? Nichts.

HENDRIK: Ich muß an den Sturmvogel denken.

ERIKA: Allerdings! Du solltest sogar etwas mehr tun, als nur daran zu denken.

HENDRIK: Was soll das heißen? ... Was soll das heißen?

ERIKA: Nichts ... weißt Du, ich und die Weltrevolution ...

HENDRIK: Sollte ich Ratschläge zur revolutionären Taktik benötigen, so kann ich mir kaum vorstellen, daß ich sie mir ausgerechnet bei Dir einholen würde ...

ERIKA: Otto mag dich so sehr. Es ist geradezu rührend.

HENDRIK: Du hast wirklich von nichts eine Ahnung. Otto ist ein *Genosse*. Ein gemeinsamer Kampf und eine gemeinsame Ideologie verbinden uns. Ob er mich mag oder nicht, spielt kaum eine Rolle.

Hendrik köpft ungeschickt, grobschlächtig sein Frühstücksei.

HENDRIK: „Mehrere Bühnen machen mir Angebote . . ."

ERIKA: Du solltest es auf meine Art probieren. In einem Glas, mit viel Pfeffer, etwas Salz, etwas englischer Sauce und einem Schuß Zitronensaft.

HENDRIK: Gestattest Du mir, Dir mal etwas zu sagen, meine Liebe? Hör auf, Dich zu mokieren, jedesmal wenn ich mich anders verhalte, als es bei Deinem Herrn Papa üblich ist. In der Familie Brückner speist man sein Ei aus einem Kristallglas, gewürzt mit Sandelholz und Siampfeffer. Bei uns zu Hause, meine Liebe, aß man es in der Schale mit Salz und ich flehe Dich an, mir diesen Mangel an Originalität zu verziehen; ich bin nur ein gewöhnlicher Sterblicher.

ERIKA: Ich hab' verschiedene Briefe zu tippen. Gib her. Ich antworte für Dich.

Sie nimmt den Brief vom Tisch. Hendrik entreißt ihn ihr.

HENDRIK: Laß das! Das eilt nicht. Ich diktiere Ihn Dir morgen. Heute haben wir Wichtigeres vor.

In diesem Moment führt Emelyne Otto und Theresa herein.

ERIKA: Sebastian! Schnell! Otto ist da!

Sebastian kommt im Bademantel dazu. Otto hat die Zeitungen bei sich. Der Tisch wird freigeräumt. Otto setzt sich. Magnus und Myriam kommen herein.

OTTO *liest vor:* Wahlberechtigte insgesamt: 43 Millionen. Abgegebene Stimmen: 35.225.000, also 82%.

MAGNUS: Ungeheuer! Die höchste Beteiligung seit den ersten Wahlen von 1919.

OTTO: Sozialdemokraten: 143 Sitze, also 24,5 Prozent der Stimmen.

MAGNUS: Ein Verlust von neun Sitzen und mehr als ein Fünftel ihrer Stimmen.

OTTO: Kommunistische Partei: 77 Sitze, 13 % der Stimmen.

MAGNUS: Sie hatten 54 Sitze und zehn Prozent. Sie sind *sehr* zufrieden.

OTTO: Nationalsozialisten: 107 Sitze, 6.410.00 Stimmen. Werden zur zweitstärksten Partei Deutschlands . . . die sind ebenfalls sehr zufrieden.

Alle sind wie erstarrt. Ludwig erscheint und gesellt sich zu Emelyne.

MYRIAM *sich fassend, zu Magnus:* Nun? Encyclopaedia Britannica, weißt Du nicht mehr weiter? Zahlen! Zahlen! Wieviel sie vorher hatten, wieviel sie haben werden? Um wieviel Uhr sie schlafengingen . . . Los, hopp, hopp!

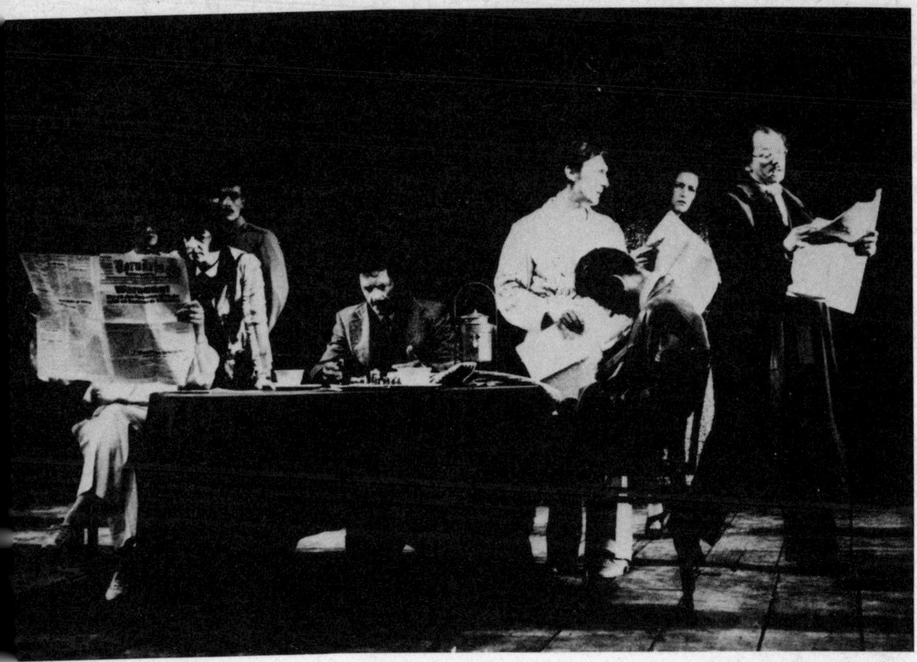

MAGNUS: „Rote Fahne: Der Sieg der kommunistischen Partei findet seine Bestätigung in der Niederlage der sozialdemokratischen Partei . . .“

MAGNUS: Sie hatten 810 000 Stimmen und zwölf Sitze.

OTTO: Deutschnationale: 41 Sitze. Voraussichtliche Koalition von Nazis und Deutschnationalen: 148 Sitze.

SEBASTIAN / ERIKA: Das ist unmöglich. Das kann nicht sein.

THERESA: Es ist wie ein böser Traum.

Alle nehmen Zeitungen vom Tisch.

SEBASTIAN *vorlesend:* „6.410.000 Wählerinnen und Wähler eines zivilisierten Landes haben ihre Stimme für die ordinärste, hohlste und platteste Scharlatanerie abgegeben."

THERESA, *andere Zeitung:* „Der fünfte Reichstag der deutschen Republik ist das erbärmlichste Parlament, das jemals gewählt wurde. Möge seine schändliche Existenz von kurzer Dauer sein."

OTTO, *andere Zeitung:* „3.366.000 Arbeitslose wurden vergangene Woche registriert. Das bedeutet, zehn Millionen Deutsche sind von der Arbeitslosigkeit betroffen. Nur wer über die Zahlen von gestern entrüstet war, hat das Recht, sich über die Zahlen von heute aufzuregen"

Magnus schlägt eine letzte Zeitung auf.

MAGNUS: Rote Fahne: „Der Sieg der kommunistischen Partei findet seine Bestätigung in der Niederlage der sozialdemokratischen Partei. Am 14. September hat die Sozialdemokratische Partei einen Schlag erhalten, von dem sie sich nicht erholen wird. Sie hat nicht nur 600.000 Wähler sowie die Mehrheit in Berlin eingebüßt. Was noch schwerer wiegt, ist die Tatsache, daß das Abstimmungsergebnis insgesamt einen machtvollen Einbruch der kommunistischen Partei in die Reihen der Arbeitsklasse bedeutet, die bisher sozialistisch gewählt hat." . . . Die sind wirklich *sehr* zufrieden. *Zu Otto:* Nun Genosse, bist Du auch zufrieden?

HENDRIK: Ich verstehe das nicht. Man kann ja an gar nichts mehr glauben. Genosse Otto, bitte erkläre uns, wo denn der Sieg deiner Partei ist? Ich bin verzweifelt, hörst Du, verzweifelt.

THERESA: Das ist uns scheißegal, Hendrik. Laß' ihn in Ruhe.

Ende des 8. Bildes

NEUNTES BILD

Im Hamburger Theater.

Man probt den Faust.
Theresa, Myriam, Magnus, Erika, Hendrik, Otto, Miklas, Frau Efeu. Die gesamte Truppe verfolgt vom hinteren Teil der Bühne die Probe.
Hendrik spielt den Mephisto, Otto den Faust.

MEPHISTOPHELES: –Der arme Knabe wartet lange,
–Der darf nicht ungetröstet gehn.
–Komm, gib mir Deinen Rock und Mütze!
–Die Maske muß mir köstlich stehn.
Otto setzt sich.
–Nun überlaß es meinem Witze!
–Ich brauche nur ein Viertelstündchen Zeit;
–Indessen mache Dich zur schönen Fahrt bereit!
–Verachte nur Vernunft und Wissenschaft,
–Des Menschen allerhöchste Kraft.
–Laß nur in Blend- und Zauberwerken
–Dich von dem Lügengeist bestärken,
–So hab ich Dich schon unbedingt!–
–Er soll mir zappeln, starren, kleben,
–Und seiner Unersättlichkeit
–Soll Speis und Trank vor giergen Lippen schweben,
–Er wird Erquickung sich umsonst erflehn
–Und hätt er sich auch nicht dem Teufel übergeben,
–Er müßte doch zugrunde gehn!
Miklas, der den Schüler spielt, kommt nach vorne, sein Textbuch in der Hand.

MIKLAS: –Ich bin allhier erst . . .
HENDRIK: Kannst Du Deinen Text noch nicht?
Miklas gibt sein Textbuch Frau Efeu.
MIKLAS: –Ich bin allhier erst kurze Zeit
–Und komme voll Ergebenheit
–Einen Mann zu sprechen und zu ken . . .

 HENDRIK *zu Otto:* Otto, übernimm Du meinen Part und, versuchen wir, bitteschön diese Szene von der Langeweile zu befreien, die sie uns bereitet – klagen wir dafür nicht Goethe an, ihn trifft ausnahmsweise keine Schuld.

Miklas!

MIKLAS: –Ich bin allhier erst kurze Zeit
–Und komme voll Ergebenheit
–Einen Mann zu sprechen und zu kennen
–Den alle mir mit Ehrfurcht nennen.

OTTO: –Eure Höflichkeit erfreut mich sehr!
–Ihr seht einen Mann wie andre mehr.
–Habt Ihr Euch sonst schon umgetan?

MIKLAS: –Ich bitt' Euch, nehmt Euch meiner an!
–Ich komme mit allem guten Mut,
–Möchte gern was Rechts hieraußen lernen

HENDRIK: Fang' nochmal an.

MIKLAS: Von vorne?

HENDRIK: Von vorne. Warum? . . . Schon müde? Bleib da stehen, einen Schritt zurück, geh' zurück. Genau – da ist Dein Platz. Fang' noch mal an.

Miklas geht erneut nach vorn, sucht seinen Orientierungspunkt.

MIKLAS: –Ich bin allhier erst . . .

HENDRIK: Du bist nicht an Deinem Platz . . .
. . . da ist Dein Platz.

MIKLAS: –Ich bin allhier erst kurze Zeit
–Und komme voll Ergebenheit
–Einen Mann zu sprechen und . . .

HENDRIK: Fang' nochmal an.

MIKLAS: –Ich bin allhier erst kurze Zeit
–Und komme voll . . .

HENDRIK: Von vorne!

Langes Schweigen.

MIKLAS *sehr leise:* –Ich bin allhier erst . . .

HENDRIK: Nochmal.

MIKLAS: –Ich bin allhier . . .

HENDRIK: Das taugt nichts. Fang' nochmal an!

Miklas bleibt stumm.

Ich habe gesagt, Du sollst nochmal anfangen!

MIKLAS: Sagen Sie mir wenigstens, was nichts taugt, Herr Höfgen.

HENDRIK: Überhaupt nichts. Fang' nochmal an.

HENDRIK: „Ich verlange, daß der Nazi Hans Miklas aus unserem Ensemble ausgeschlossen wird."

MIKLAS: Ich warte auf Ihre Anweisungen, Herr Höfgen. Sie sind der Regisseur. Ihre Aufgabe ist es, mir zu helfen.

HENDRIK: Ich versuch es, Miklas . . . ich versuch's. Aber es ist so schwierig. Fang' nochmal an.

Miklas kommt erneut nach vorn. Bevor er überhaupt den Mund aufmacht:

Dein Platz!

Miklas berichtigt.

MIKLAS: –Ich bin erst kurze . . .

HENDRIK: Falscher Text!

FRAU EFEU *souffliert:* –Ich bin allhier erst kurze Zeit . . .

HENDRIK: Habe ich Sie darum gebeten, zu soufflieren? Miklas, ich bitte Dich, alle warten auf Dich . . .

Erika geht hinaus, Miklas bleibt stumm.

EFEU *souffliert:* –Ich bin allhier erst kurze Zeit . . .

HENDRIK: Schon wieder! Ich hatte mir das Soufflieren verbeten! Sieh mal einer an, Frau Efeu wähnt sich schon an der Spitze des Theaters. Nicht so hastig, nicht so hastig, Frau Efeu! Ein paar Stimmen mehr für die Kanaillenpartei reichen noch lange nicht, um Sie an die Macht zu bringen, arme kleine Frau Efeu.

MIKLAS: Diese Kanaillenpartei von der Sie da sprechen, Herr Höfgen – ist das etwa die Nationalsozialistische Partei?

HENDRIK *zu den anderen:* Wie schnell er's bemerkt hat!

MIKLAS: Ich bin Mitglied der Nationalsozialistischen Partei, die die Partei der deutschen Arbeiter ist, und ich lasse es nicht zu, daß man sie beleidigt. Dazu hat niemand hier – in diesem verjudeten Milieu das Recht. Ich lasse das nicht zu!

Allgemeines Entsetzen.

HENDRIK: Das lassen Sie nicht zu?! – Lange werden Sie nicht mehr unter diesem verjudeten Milieu zu leiden haben – da können Sie Sich auf mich verlassen! Ich verlange an dieser Stelle feierlich, daß der Nazi Hans Miklas aus unserem Ensemble ausgeschlossen wird.

EFEU: Nein!!! Nur das nicht!

HENDRIK *zu Efeu:* Und Sie, hören Sie mit diesem Theater auf!

Zu Magnus: Also, Herr Gottschalk, wie entscheiden Sie sich?

Nach einem kurzen Schweigen.

MAGNUS: Ich setze diesen Kerl ungern unter drei Millionen Arbeitslose auf die Straße. Ich verlängere einfach seinen Vertrag für die nächste Spielzeit nicht, Schluß aus.

EFEU: Zwei von drei Bühnen sind geschlossen. Wenn man ihn hinauswirft, bleibt ihm nur noch die Armenküche! Und außerdem ist er krank!

HENDRIK: Krank! So krank wie ganz Deutschland es sein wird, wenn wir nicht Acht geben. Wollen wir dieser Mörderbande zeigen, daß sie sich nicht alles erlauben kann, ja oder nein? Gottschalk, entscheide Dich!

OTTO: Magnus hat Dir bereits geantwortet. Miklas bekommt keinen neuen Vertrag, das ist alles. Wir sollten angesichts der politischen Lage aus Hans Miklas keinen Märtyrer machen; der ist doch nur ein kleiner Kretin, der eines Tages bis zum Hals im Dreck aufwachen wird und dann schreien wird, man habe ihn reingelegt.

MIKLAS: Stalin ist ein Henker!

Hendrik spuckt Miklas ins Gesicht. Der stürzt sich auf Hendrik. Man versucht, sie zu trennen. Otto schlägt auf Miklas ein.

EFEU: Laßt ihn! Laßt ihn in Frieden! Er ist krank! Ihr glaubt alle fest, im Recht zu sein und dabei seid Ihr blind, genauso blind wie er!

HENDRIK: Die Sache ist ganz simpel. Wenn er in diesem Ensemble bleibt, dann gehe ich. Du hast die Wahl, Magnus.

MAGNUS: Red' keinen Unsinn. Miklas geht.

Efeu will noch einmal eingreifen.

Zu Efeu: Und Sie ebenfalls, wenn Sie noch einen Mucks von sich geben!

Ende des 9. Bildes

ZEHNTES BILD

Auf der Eisenbahnbrücke

Nachts. Otto, Hendrik und Theresa.

THERESA: Und Magnus? Lassen wir den einfach so fallen?

HENDRIK: Magnus. Ich verehre Magnus. Meine Bewunderung für ihn kennt keine Grenzen. Alles was ich weiß, verdanke ich ihm – fast alles. Ich liebe diesen Menschen. Aber politisch sind wir halt nicht mehr einer Meinung. Ich spüre, daß er älter wird ... seine große Zeit ist vorüber ... und außerdem ... ich muß mich frei fühlen.
Welch' eine Nacht! Seht Euch nur diese Sterne an!
Geräusch eines vorüberfahrenden Zuges.
... der Zug nach Berlin! Mein Gott, wann werde ich ihn nehmen? Mein Gott, wann werde ich den Zug nach Berlin nehmen?
... der Star in Hamburg zu sein, so ein Witz! ... und Du auch. .. sogar der Sturmvogel ... wir wären in Berlin nützlicher. Stell' Dir vor – ich geh' nach Berlin, und wenn ich da fest im Sattel sitze, laß' ich Euch nachkommen und wir machen unseren Sturmvogel auf. Was meint Ihr dazu?

THERESA: Aber für die kommende Spielzeit sind wir bereits hier verpflichtet!

HENDRIK: Nun sag mir mal, was wichtiger ist ... eine Spielzeit in Hamburg, oder unsere Aktion? Und außerdem – Ihr bleibt ja noch hier. Erst wenn ich alles vorbereitet habe, wenn ich eine Kneipe oder ein Lokal für den Sturmvogel gefunden habe, wenn ich ein wenig Geld verdient habe ... Der Film ... in Berlin kann man doch zum Film gehen ... Otto, ich weiß, es ist eine grausame Entscheidung. Wenn Du wüßtest, wie sehr es mir wehtut, sie getroffen zu haben. Aber einmal *muß* man den Absprung finden.
Also – wenn wir schon nach Berlin gehen müssen – tun wir's auch!
Unter ohrenbetäubendem Lärm donnert ein Zug vorüber; Hendrik umarmt erst Otto, dann Theresa und geht ab. Es

wird wieder still. Theresa sieht Otto aufmerksam an. Otto dreht ihr den Rücken zu. Er weint.

THERESA: „Gott weiß, daß wir uns niemals unserer Tränen zu schämen brauchen, denn sie sind wie Regen auf dem Staub, der unsere verdorrten Herzen bedeckt." Ich schätze Dickens sehr . . . Geh jetzt nach Hause, Genosse, und schlaf Dich aus.

Otto geht ab. Erika tritt auf.

THERESA *kalt:* Suchen Sie Ihren Mann?

ERIKA: Ich bin ihm gerade begegnet.

THERESA: Und Sie sind noch nicht nach Berlin unterwegs?

ERIKA: Nein. Ich suche Otto.

THERESA: Der hat etwas sehr, sehr Trauriges erlebt, deshalb ist er zu Bett gegangen. Guten Abend.

ERIKA: Theresa von Herzfeld . . . Hören Sie. Ich schreibe ein bißchen . . . Meinen Sie, die könnten mich im Sturmvogel gebrauchen?

Die beiden Frauen fallen sich in die Arme.

Ende des 10. Bildes

HENDRIK: „. . . aber einmal *muß* man den Absprung finden!"

ELFTES BILD

Probe im Sturmvogel

Otto singt.
Im Hintergrund Carola, Erika, Myriam, Theresa, Nicoletta, Magnus.

OTTO: Ich bin der Prinz vom Lügenland,
Ich lüg, daß sich die Bäume biegen, –
Ich bin der Prinz vom Lügenland,
Ich lüg das Blau herunter von den Himmeln

Ich lüge so erfindungsreich,
Daß die Luft von Lügen wimmelt
Wie von einem Bienenschwarm;

Wir sind im Monat November,
Doch der Sommer ist schon da,
Schon sprießen Knospen an den Bäumen,
Lieb Veilchen gelb die Wiesen säumen,
Im Kriege ward kein Mann verletzt.

Ha! Ha! Ha!

Lügen, Lügen, Lügen!
Lügen ist schön,
Lügen ist gut,
Lügen bringt Glück,
Lügen ist gesund,
Lügen haben hübsche lange Beine;
Lügen macht reich,
Lügen macht berühmt;

Und dann ist Lügen so einfach,
Weil ja im Krieg kein Mann verletzt wird;
So ein Ziel.
So eine Lüge –
Und dann hat die Welt soviel
Geduld mit mir –

TTO: „Ich bin der Prinz vom Lügenland . . .“

Schließlich bin ich der Prinz
vom
Lügenland . . .

Lügen sind sanft,
Lügen sind fein,
Machen Euch still,
Schläfern Euch ein . . .
Sanft wie der Tod.

Glaubt ihnen nicht!
Schleudert die Wahrheit
Ins Lügengesicht!
Denn die Wahrheit allein kann's machen!

Irrsinnig lautes Telephongebimmel. Frau Motzknödel, (Erika im Clownskostüm) ihres Zeichens Portiersfrau, erscheint mit einer Zeitung unter dem Arm (es ist der Völkische Beobachter)

MOTZKNÖDEL (Erika): Ja, ja!!! Komme ja schon! Was? ich kann mir nicht mal mehr die Zeit nehmen, zur Blockversammlung zu gehen? Das findet Ihr komisch?? Lacht da wer? Seht euch nur diese Horde von blökenden Schafen an, diese unerschütterlichen Kartoffelköpfe. Armes Deutschland! Schlappschwänze!! was habt Ihr hier überhaupt zu suchen? Warum seid Ihr nicht auch bei der Blockversammlung? He? Warum denn? Da wird nämlich vorgelesen. Da kann man was lernen, Ihr Hohlköpfe! Zum Glück haben sie da gesagt, daß sich das alles ändern wird. Die Daumenschraube wird angezogen! Zeit wird's, daß die durchgreifen. Stört's Euch nicht, wenn ich lese? Nein!! Das ist aber schön! Das stimmt!

Sie liest in ihrer Zeitung.

Jajajajajajaaa, recht hat er! Der hat recht! Ich spüre, daß eine neue Zeit anbricht! An die Arbeit, an die Arbeit! Hat von Euch einer Telephon???

Alle die Telephon haben, Hand hoch! Gut, die kommen nachher in meinem Büro vorbei, ich notiere dann ihre Namen. Armes Volk; arme Schafe.

Sie liest weiter.

Ja, ja. Recht hat er: „Das Telephon ist die Wurzel all unseres Unglücks! Die Giftwurzel allen Übels!" Das habe ich schon immer gedacht. Ihr nicht? Sind da immer noch welche die nicht verstanden haben, daß die Wurzel . . . *sie liest vor* . . . „die Giftwurzel allen Übels das Telephonsystem ist, in dem sich unser Vaterland seit tausenden von Jahren verstrickt hat"?? *sie liest* . . . Ohhh! Ahhh! . . . da übertreiben die schon ein bißchen! . . . das ist stark . . . da haben die recht.

Lautes Klingeln des Telephons.

Also sowas! Hört mal, daß es sich traut, mich an meinem eigenen deutschen Herd anzurufen! Hört nur, wie ungeduldig es ist! Wo doch das Schicksal Deutschlands auf mir lastet, sollte ich dann antworten? Klingelt das bis zum Morgengrauen so weiter? Unmenschlich ist es, keine Intelligenz hat es . . . Kosmopolit!!! Es ärgert mich. Ärger mich, los, noch mehr!

Sie liest weiter, versucht den Text auswendig zu lernen.

„Und das hat sich überall in Deutschland eingenistet, in unserem reinen Vaterlande. Überall hockt es und wird immer mehr und mehr. Das pflanzt sich fort! Die Abonnements vermehren sich mit erschreckender Geschwindigkeit." Ich halt's nicht mehr aus, ich schnapp über, ich hasse es!! Hat jemand was dagegen? Gegen den Haß? Tod dem Telephon!!!

Das Klingeln hört auf.

Habt Ihr gemerkt, wie ich ihm Angst gemacht habe . . . ein bißchen Autorität und es pariert.

Klingeln.

Was??

Klingeln.

WIE??

Klingeln.

Ein feiger Hund ist es obendrein!!!

Klingeln. Sie brüllt das Telephon an. Stille.

Seht Ihr, ich brauche gar nichts mehr zu sagen. Ein Blick genügt!

Sie liest weiter.

„ . . . ausrotten . . . " Oha! . . . das ist schon stark! . . . „bis zum letzten" . . . Recht haben sie . . . " . . . wenn man es gewähren läßt, was wird dann aus uns werden . . . "

Klingeln.

Ich bin platt vor Entsetzen!

Klingeln.

Tatatatatatatatatata . . .

Das Klingeln erstirbt langsam.
Tatatatatatata . . .
Stille.
Jetzt hab ich's mattgesetzt.
Sie liest.
Mein Gott, mein Gott, in welcher Gefahr wir uns befinden! Wenn ich daran denke! Wenn man's bedenkt! Bin ich froh, informiert zu sein. Horde von Vergifteten! Seid Ihr Euch bewußt, was Ihr wegen diesem blöden Klingelkasten riskiert?
Myriam tritt auf, als Zimmermädchen Linamuck.

LINAMUCK: Na, na, na, na . . . was schimpfen Sie denn so, Frau Motzknödel? Hocken allein in Ihrer Loge und schimpfen!

MOTZKNÖDEL: Weil es doch stimmt, schließlich und endlich! Linamuck! Sie sind doch durch und durch intelligent, subtil, vernünftig – kurz, durch und durch deutsch – auch Ihr Großvater, Ihre Großmutter, der Vetter, der Enkel . . . haben Sie Telephon?

LINAMUCK: Ach, nein, leider nicht! Ich hätt' gern, aber . . .

MOTZKNÖDEL: Aha, Linamuck! Armes Schäfchen! Arme, irregeführte Frau.! Sprechen Sie mir nach: Das Telephon ist der Teufel!

LINAMUCK *wiederholt:* Das Telephon ist der Teufel!

MOTZKNÖDEL: Nochmal!

LINAMUCK: Das Telephon ist der Teufel!

MOTZKNÖDEL: Nochmal!

LINAMUCK: Das Telephon ist der Teufel!
Das Telephon ist der Teufel!
Das Telephon ist der Teufel!
unterbricht sich
Ist das wahr?

MOTZKNÖDEL: Wo ich's Ihnen sage! Dadrinnen steht's doch! Das Telephon ist die Wurzel all unserer Übel. Schauns' sich die Fratze an!

LINAMUCK: Das stimmt! Grad neulich hat mich das Telephon antelephoniert um mir zu sagen, daß sich meine Base den Fuß gebrochen hat. Das hat mir vielleicht so einen Schrekken eingejagt!

MOTZKNÖDEL: Wo ich's Ihnen doch sage, daß da der Teufel drinsteckt.

„Das Telephon ist der Teufel!"

LINAMUCK: Daß jetzt Sie an den Teufel glauben, Frau Motzknödel, eine so gescheite und moderne Person?

MOTZKNÖDEL: Der Teufel des Fortschritts, Linamuck, der Teufel der Zivilisation, der zersetzende, ätzende Teufel des Intellekts! Schaun's her, Linamuck, jetzt sind wir hier einfache Volksgenossen, nicht verwandt und nicht verschwägert, einig in unserem Haß und mit dem Recht auf freie Meinungsäußerung, wie alle anderen, logisch! Und wir sind alle beide hinreißende und hingerissene Gegnerinnen des Telephons, weil wir es als

sie liest aus der Zeitung vor

„. . . Wurzel allen Übels" erkannt haben!

LINAMUCK: Und reden können Sie, Frau Motzknödel! Wenn ich jetzt das Telephon so anschau – grad runterhaun könnt ich's von der Wand!

MOTZKNÖDEL: Geduld. Unsere Zeit ist noch nicht gekommen.

LINAMUCK: Wir stellen einen Querschnitt dar durch die Bevölkerung unserer Stadt und unseres Landes und wir behaupten, daß das Telephon ein Unglück ist, eine Schande, eine . . . Scheiße!

MOTZKNÖDEL: Das Telephon ist eine . . .

BEIDE: SCHANDE!

MOTZKNÖDEL: Das Telephon ist eine . . .

BEIDE: SCHANDE!

MOTZKNÖDEL: Das Telephon ist eine . . .

BEIDE: SCHEISSE!!!

Die Spannung steigt. Herein kommt Theresa, die die Baronin spielt.

BARONIN: Was ist denn hier los, um des Himmels willen?? Halten Sie eine Wahlversammlung ab, Frau Motzknödel?

MOTZKNÖDEL: Frau Baronin wollen entschuldigen, aber die Leute sind natürlicherweise sehr aufgeregt, sogar ich bin etwas nervös geworden . . .

BARONIN: Ich bin selber sehr erregt, Frau Motzknödel.

MOTZKNÖDEL: Frau Baronin, im Namen dieser ehrlichen Leute, in meinem Namen und schließlich, im Namen der Zahllosen, die hinter mir stehen, ich bitte Sie, machen Sie den Anfang! Sonst kann ich diese Leute nicht länger zurückhalten, ihr Zorn könnte ausufern! Vernichten Sie dieses plappernde Nichts, dies verdammte System, die Giftwurzel des Übels! Kündigen Sie Ihr Abonnement! Machen Sie Schluß mit dem Telephon!

BARONIN: Motzknödel, von Ihnen strömt etwas aus, etwas Mystisches, etwas . . . Erotisches, etwas Idiotisches – gut, also . . . wir schaffen das Telephon ab!

OTTO: Licht aus!

Normalbeleuchtung.

OTTO: Erika, nun wollen wir mal sehen, was die Zensur an dem was Du uns da geschrieben hast, auszusetzen hat.

CAROLA: Die Zensur – mein Lieber! Die hat doch nichts mehr zu sagen. Wir schreiben nicht mehr 1931. Die SA wird wie neulich im Saal sein und wird Euch diesmal alles kurz und klein schlagen. Sie tauchen sogar dort schon auf, wo ich meine harmlosen Shakespeares spiele. Ich soll eine „Mistjüdin" sein.

ERIKA: Und ich „eine plattfüßige Hyäne".

CAROLA: „Eine Verbreiterin syphilitischer Kultur"

THERESA: „Häßlich genug, um selbst den abgebrühtesten Frauenschreck zu entmutigen!" . . . das bin ich.

ERIKA: „Kosmopolitisches Mannweib"

NICOLETTA *zu Erika:* „Gebildete Lesbe!"

CAROLA: „Affenkackerin!"

MYRIAM: „Spucknapf in einem türkischen Bad"

Allgemeines nervöser Gelächter.

Ja. Im *Völkischen Beobachter* stand: „Myriam Horowitz – klein, dick, häßlich . . . alt, mit etwa soviel Humor versehen, wie der Spucknapf in einem türkischen Bad."

Theophil Sarder ist hereingekommen. Er zittert. Alex folgt ihm.

SARDER: Wehe! Ich überbringe eine unselige Nachricht. Wehe! Das Licht der Vernunft wird erlöschen und der Himmel über diesem Land wird sich verfinstern. Adolf Hitler, der große Vollstrecker der Bösen, ist heute morgen zum Reichskanzler ernannt worden. Die Nazis sind an der Macht. Gott hat sich von diesem Lande abgewendet, ein Schwall von Blut und Tränen wird sich durch die Straßen unserer Städte ergießen.

OTTO *zu Alex:* Was jetzt? – Generalstreik?

ALEX: Die *Rote Fahne* ruft zum Generalstreik auf – aber was erwartest Du denn – bei sieben Millionen Arbeitslosen?

 OTTO: Aber, wie lauten denn die Anweisungen?

ALEX *liest von einem Blatt ab, das er bei sich trägt:* Protokoll der Bezirksversammlung: „Ruhe bewahren. Die Arbeiter müssen vorsichtig sein, um der neuen Regierung keinen Vorwand zu liefern, Maßnahmen gegen die kommunistische Partei zu ergreifen. Die Partei muß unversehrt die nächsten Wahlen erreichen, da es inzwischen sicher ist, daß sie bei dieser Gelegenheit ihren größten Erfolg über die Sozialdemokraten erringen dürfte." Und immer wieder die Lageeinschätzung Moskaus: „Der Nazismus ist lediglich die Endphase des in seinen letzten Zügen liegenden Kapitalismus und kann daher über kurz oder lang nur zu dessen Untergang führen."

MAGNUS: Und die Sozialdemokraten?

ALEX: Die sind gegen den Generalstreik.

SEBASTIAN: Und die Gewerkschaften?

ALEX: Der allgemeine Gewerkschaftsbund greift vorläufig nicht ein. Ein Unternehmer bleibt immer ein Unternehmer.
Langes Schweigen.

SEBASTIAN: Der wievielte ist heute?

MYRIAM: Montag, der 30. Januar, 1933. Im Horoskop steht, daß die Fische in diesem Monat auf ihre Gesundheit achten sollten und den Eingang einer Geldsumme erwarten können.
Ich bin Fisch.
Schweigen. Plötzlich muß sich Otto übergeben.

Ende des 11. Bildes

ARDER: „Adolf Hitler, der große Vollstrecker des Bösen, ist heute morgen zum eichskanzler ernannt worden . . ."

ZWÖLFTES BILD

Im Sturmvogel.

Die Vorigen und Sebastian.
Im Hintergrund klingelt das Telephon, es kümmert sich aber niemand darum.

OTTO: Carola, Du mußt verschwinden, ohne auch nur eine Minute zu verlieren. Du mußt noch heute abreisen, nicht erst morgen, hörst Du.

CAROLA: Ja, Otto, ich weiß es. Ich reise ab . . . heute abend.

SARDER: Könnt ihr mir sagen, was unsere Generation der deutschen Jugend geboten hat, wenn nicht Verachtung der Intelligenz. Wir haben den menschlichen Geist verwüstet, so wie unfähige Holzfäller einen Wald vernichten, anstatt ihn zu lichten.

NICOLETTA: Du auch, Theo, fahr' ab. Du liebst doch die Provence – mach' eine Reise in die Provence.

SARDER: Alleine abreisen? Du sagst, ich soll alleine fahren? Kommst Du nicht mit?

Alex geht ans Telephon. Das Klingeln hört auf.

NICOLETTA: Ich komme Dich besuchen, Theo. Aber was soll ich in der Provence? Du schreibst ja, aber ich . . . Ich weiß nicht . . . seit Stunden zerbricht sich jeder hier den Kopf darüber, wie man irgendwas ändern könnte – und dabei kann man gar nichts ändern. Das muß einem nur klar sein. Nichts kann man erreichen. Ich bin doch nur eine Schauspielerin!

ERIKA: Was soll denn das heißen . . . „ich bin nur eine Schauspielerin?"

NICOLETTA: Das soll heißen, daß ich keine Erbprinzessin bin! Die Welt läuft eben plötzlich andersherum – was können wir schon dagegen tun?

Alex kommt vom Telephon zurück, sagt etwas zu Sebastian. Der erhebt sich.

SEBASTIAN: Erika, wir müssen nach Hause. Der Vater . . . Studenten haben sein Büro in der Universität verwüstet und ihn

SEBASTIAN: „Erika, wir müssen nach Hause. Der Vater . . .“

mißhandelt. Er ist jetzt zu Hause. Sein Manuskript haben sie auch verbrannt! Er hat am Telephon geweint.

SARDER: Ja, von nun an wird alles sehr schnell gehen. Erika, komm, wir begleiten Dich, mein kleines Mädchen.

ALEX: Ich komm' auch mit.

SARDER: Ja, alles wird sehr schnell gehen. Bis jetzt habe ich mir gesagt, wir leben in einer Dämmerung – manchmal habe ich trotzdem Hoffnung geschöpft und geglaubt: mein Gott, es ist zwar fast dunkel, aber vielleicht ist es ja ein Morgengrauen, vielleicht das Vorzeichen für einen Sonnenaufgang. Heute müssen wir resignierend einsehen, daß es vielmehr die Abenddämmerung war und daß nun die Nacht heraufzieht.

Die Lichter erlöschen.

Carola und Otto allein.

OTTO: Wo wirst Du hingehn?

CAROLA: Wahrscheinlich nach Amerika. Sie wollen mich schon lange dort haben. Ich werde da Filme machen. Ich kann gut Englisch.

OTTO: Carola . . .

CAROLA: Ja, . . . ja, Otto.

OTTO: Carola, geh' nach Moskau. Geh' dorthin, wo die Menschen die Sonne haben aufgehen lassen. Schließ' Dich Ihnen an, meine Liebe. Du wirst da auch arbeiten können . . . sie haben große Regisseure: Eisenstein, Donskoy, Pudowkin, Meyerhold. Die brauchen Leute wie Dich.

CAROLA: Ich hab' aber Angst. Ich hab' Angst davor; man sagt schon seit sieben Jahren, daß es da schiefgeht, weißt Du. Es heißt, die werfen Künstler ins Gefängnis.

OTTO: Das ist Propaganda. Damit soll ihre gute Sache schlecht gemacht werden. Und selbst wenn es wahr wäre? Dann müßte man erst recht hinfahren und gegen den Verrat an der Revolution kämpfen. Carola, geh' nach Moskau.

CAROLA: Ich hab' Angst davor . . . aber ich gehe nach Moskau, mein Geliebter.

Ende des 12. Bildes

DREIZEHNTES BILD

In der Berliner Oper

Im Saal große Festbeleuchtung. Der Vorhang ist geschlossen. Probe für „Die Macht des Schicksals". Über Lautsprecher erklingt die Ouvertüre. Hendrik ist dabei, die Beleuchtung für die Ouvertüre abzustimmen.

HENDRIK *in die Kulisse:* Den Spiegel! Den Spiegel etwas höher! In dem Moment, wo der Vorhang aufgeht, muß sich das Publikum im Spiegel sehen. Es muß sich erkennen können. Es wird der eigentliche Schauspieler dieses Werks sein. In jedem Augenblick wird es sich selber gegenübersitzen.
Er singt die Musik mit, verliert sich.
La, la lalalaa . . . Achtung, die Lüster weg, . . . ja! Die Rampe heller . . . ja! Und jetzt . . . Vorhang auf . . . ganz langsam . . . langsam habe ich gesagt! Den Strahler auf den Spiegel, erst zart – und dann immer heller, noch mehr, um zehn Stufen. Und dann tritt er auf.
Gut. Sehr schön. Morgen früh sehen wir uns alles zusammen an. *Mit* Orchester. Wenn es ein anderes Tempo vorlegt, als die Schallplatte, hänge ich mich auf.
Dankesehr. Bis morgen.
Alle Lichter erlöschen. Nur noch schwache Normalbeleuchtung. Ein Geräusch in den Kulissen.

HENDRIK: Wer ist da? Ich kann nichts sehen. Antworten Sie! Wer ist da?
Es ist Juliette, Sie trägt einen Koffer.

HENDRIK *entsetzt:* Was machst Du denn hier? In Berlin! Bist Du verrückt! Im Theater! Und das in diesen Zeiten! Nein!! Komm nicht ins Helle! Jemand könnte Dich sehen. Was willst Du?

JULIETTE: Bevor Du aus Hamburg weggegangen bist, hast Du mir gesagt, Du holst mich nach Berlin.

HENDRIK: Aber das war vor zwei Jahren! Seither habe ich Dir doch oft geschrieben, um Dir zu sagen, daß Du Dich gedulden mußt, daß der Zeitpunkt noch nicht gekommen ist.

JULIETTE: Und jetzt?
HENDRIK: Jetzt ist es zu spät! Du mußt fort, Juliette.
JULIETTE: Was heißt „Du mußt fort, Juliette?"
HENDRIK: Versuch' doch, mich zu verstehen. Ich liebe Dich, das weißt Du. Aber Du bringst mich hier in Schwierigkeiten. In der Stellung, die ich jetzt habe . . . wenn man herausbekäme, daß ich . . . daß Du . . . daß ich Beziehungen zu einer . . . Nichtarierin unterhalte . . . man würde mich . . .
JULIETTE: Wer denn „man"? Etwa die Leute, für die Du arbeitest?
HENDRIK: Die Leute mit denen ich gezwungenermaßen zusammenarbeite. Versteh' mich doch . . . Du willst mir doch nichts Schlechtes, Juliette? Oder willst Du, daß ich Deinetwegen Schwierigkeiten bekomme. Große Schwierigkeiten, sogar. Das willst Du doch nicht. Dann mußt Du gehen. Hör mal, geh' nach Paris. Eine Tänzerin mit deinem Talent in Paris! Da machst Du bestimmt Karriere. Du wirst der Liebling von Paris werden. Da bin ich ganz sicher. Denk' an Josephine Baker. Du, ich hab' eine Idee – ich zahl' Dir die Bahnfahrt.
JULIETTE: Du läßt mich also sitzen?
HENDRIK: Ich laß' Dich nicht sitzen; ich sorge nur für Deine Sicherheit. Stell' Dir mal vor, ich schicke Dich nach Paris!
JULIETTE: Ich scheiß' aber auf Paris! Ich kann kein Wort dieser Hurensprache! Mein Vater war immerhin Deutscher. Ich fühle mich als Deutsche!
Hendrik lacht schallend.
Da *lachst* Du! Ich bin Dir scheißegal. Und Dir ist alles außer Dir selbst und Deinem Beruf scheißegal. Nichts zählt auf dieser Welt, nichts außer Deiner schmutzigen Karriere! Ich zähle überhaupt nicht. Deine Freunde zählen nicht. Dein ganzer Kommunismus war nicht echt. Wie sonst kannst Du denn heute so gut mit denen zusammenarbeiten, die die Kommunisten auf der Straße umbringen lassen?? Geh' doch mal ein bißchen durch die Straßen, Hendrik! Man findet ihre Leichen in Säcken eingenäht am Grund von Seen und Flüssen!
HENDRIK: Jetzt reicht's aber!
JULIETTE: „Jetzt reicht's aber!" Jahrelang habe ich die wilde Frau für Dich spielen dürfen, ohne daß Du Dir nur ein einziges Mal die Frage gestellt hast, ob ich überhaupt Lust da-

NDRIK: „Und jetzt . . . Vorhang auf . . .“

zu hatte? Und heute markiert Hendrik Höfgen den starken Mann. „Jetzt reicht's aber!" Meine Peitschenhiebe brauchst Du nun nicht mehr, wo man ja im ganzen Land genug davon austeilt. Kommst Du dabei auf Deine Kosten, mein Kleiner?

HENDRIK: Mach jetzt, daß Du wegkommst, sonst lasse ich Dich hinauswerfen!

JULIETTE *schreit:* Versuch's doch!

HENDRIK: Schrei nicht so! Komm, beruhig dich schon! Ich gebe Dir einen Scheck. Da . . . Leiste Dir einen Schlafwagenplatz.

Er stellt einen Scheck aus und gibt ihn ihr.

JULIETTE: Sag' mal, in Paris scheint das Leben nicht sehr teuer zu sein . . .

HENDRIK: Ich schicke Dir noch was, das verspreche ich Dir! Aber fahr' ab, versprich mir, daß Du abfährst.

JULIETTE: Und Bargeld? Ich bin völlig blank.

Hendrik leert seine Taschen, gibt ihr alles, was er hat.

Ach ja, das hab' ich vergessen . . . Ich hab' in Hamburg Deine Freunde und Deine Frau gesehen . . . ich hab' sogar mit ihr gesprochen. Weißt Du, daß die viel zu gut für Dich war? Ich habe ihr gesagt, daß ich Dich besuchen würde. Ich habe sie gefragt, ob sie eine Nachricht für Dich hätte, sie oder einer Deiner Freunde . . .

HENDRIK *bewegt:* Ja . . . und??

JULIETTE: Nichts. Sie haben keine Nachricht für Dich.

Sie geht hinaus.

Ende des 13. Bildes

ENDRIK: „Da, leiste Dir einen Schlafwagenplatz . . .“

VIERZEHNTES BILD

In Hamburger Theater.

Josthinkel, der neue Generalintendant, hat soeben sein Amt übernommen. Er ist gerade dabei, die Papiere von Knurr zu überprüfen. Auf dem Tisch liegen auch die Papiere der übrigen Anwesenden: Efeu, Magnus, Myriam, Otto und Theresa.
Ihnen gegenüber steht Josthinkels Sekretär – es ist Lorenz, in SA-Uniform.

JOSTHINKEL: Knurr. Portier. Seit wann?

KNURR: Oh, seit dem Krieg, Herr Intendant.

JOSTHINKEL: Haben Sie jemals der kommunistischen Partei angehört?

KNURR: Also nein, das nicht, niemals, Herr Intendant. Ich bezahle seit 1925 meinen Mitgliedsbeitrag für die Nationalsozialistische Partei.

EFEU: Das stimmt. Das kann ich bezeugen, Herr Intendant.

JOSTHINKEL: Unterlassen Sie es, mich „Herr Intendant" zu nennen. Mein genauer Titel ist Generalintendant. Reden Sie mich also mit „Herr Generalintendant" an.

KNURR: Aber selbstverständlich, Herr Generalintendant.

JOSTHINKEL *betont freundlich:* Herr Knurr, ich habe mir sagen lassen, daß Sie ein Freund von Witzen sind.

KNURR: Von Witzen? Ja, das stimmt! Ich erzähle gerne Witze, Herr Generalintendant!

JOSTHINKEL: Erzählen Sie mir den von dem Engländer.

KNURR *gequält:* Von dem Engländer . . . nun . . . ich erinnere mich nicht mehr an den . . . also . . .

JOSTHINKEL: Lorenz, Sie hatten mir doch gesagt . . .

LORENZ *eisig:* Herr Knurr, den von dem Engländer, der zurückkommt und um seine Meinung über die Deutschen gefragt wird.

KNURR *sehr gequält:* Ach der. Ja . . . och, der ist aber nicht besonders.

JOSTHINKEL: Erzählen Sie ihn trotzdem.

OSTHINKEL: „Lorenz, Sie hatten mir doch gesagt . . ."

KNURR *zögernd:* Na ja ... da ist ein Engländer, der von einer Reise nach Deutschland zurückkommt. Er wird gefragt: „Wie haben Sie die Deutschen gefunden?" „Oh," sagt der „wundervolle Menschen, reizend. Die Deutschen haben drei große Qualitäten: erstens sind sie Nationalsozialisten, zweitens sind sie ehrlich und drittens sind sie intelligent."
Er grinst gequält.

JOSTHINKEL: Fahren Sie fort.

KNURR: Er ist wirklich nicht besonders.

JOSTHINKEL: Fahren Sie fort.

KNURR: „Unglücklicherweise" sagt der Engländer, „haben sie niemals diese drei Qualitäten zur gleichen Zeit ... Entweder sie sind ehrlich und nationalsozialistisch, also nicht intelligent, oder sie sind intelligent und nationalsozialistisch – dann sind sie nicht ehrlich, oder sie sind ehrlich und intelligent ... dann aber nicht nationalsozialistisch."

JOSTHINKEL: Herr Knurr, wenn Sie diesen Witz erzählten, war es Ihnen da klar, daß Sie übelste jüdische und bolschewistische Propaganda verbreitet haben?

KNURR: Nein, Herr Intendant, das war mir nicht klar.

EFEU: Das war es ganz bestimmt nicht, Herr Generalintendant.

OTTO: Herr Generalintendant, seit wann ist es denn in Deutschland verboten, Witze zu erzählen? Das Recht auf freie Meinungsäußerung ...

JOSTHINKEL *unterbricht:* Seit gestern abend, Herr Ulrich!
Er liest von einem Blatt ab, das er aus seiner Jackentasche zieht.
„Zum Schutze gegen kommunistische Gewalttaten, die den Staat gefährden können, werden die Artikel 114, 115, 117, 118, 123, 124 und 153 der Verfassung außer Kraft gesetzt. Somit ist es statthaft, Eingriffe in die persönliche Freiheit vorzunehmen, sowie in das Recht auf freie Meinungsäußerung und in die Pressefreiheit. Ebenfalls statthaft sind Eingriffe in das Brief-, Telegraphen- und das Telephongeheimnis."
Er faltet das Blatt sorgfältig wieder zusammen.
Ich nehme an, Sie wissen, auf welches Ereignis hin diese Maßnahmen ergriffen wurden?

OTTO: Vermutlich nach dem Reichstagsbrand.

JOSTHINKEL: Genau. Nach dem Reichstagsbrand, der von Ihren kommunistischen Freunden gelegt wurde, Herr Ulrich.

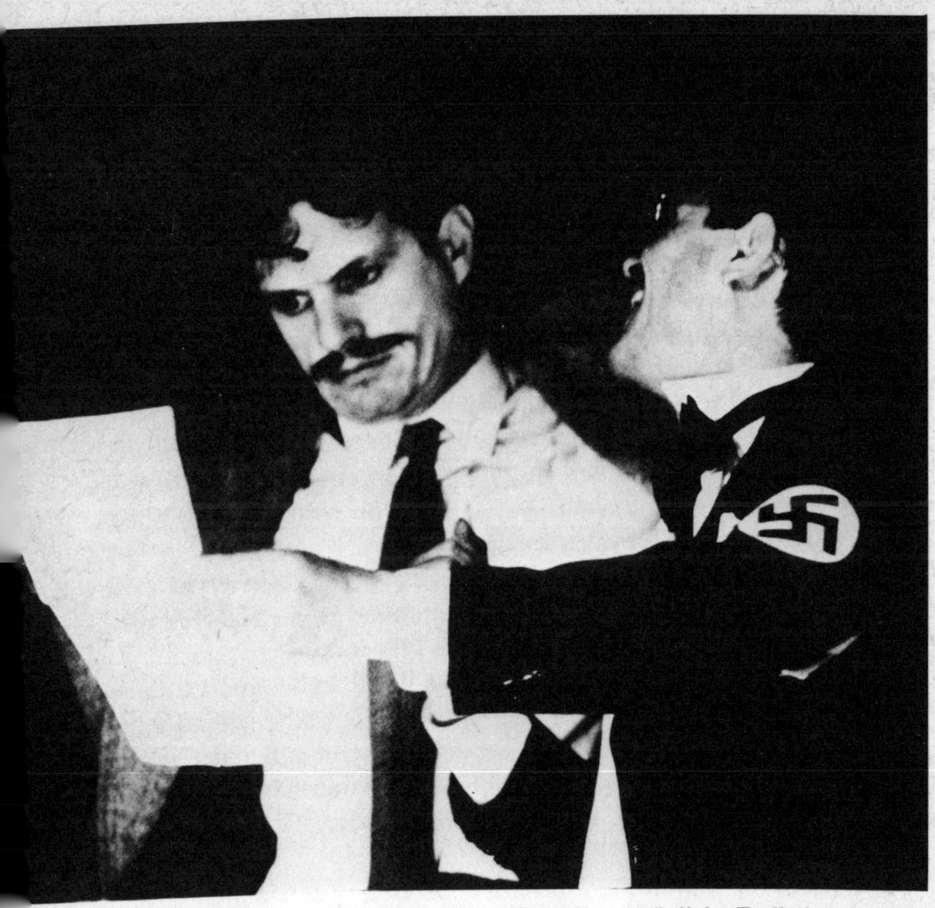

OSTHINKEL: „Somit ist es statthaft, Eingriffe in die persönliche Freiheit vorzunehmen . . .“

OTTO: Leider haben die Kommunisten überhaupt nichts angezündet.

JOSTHINKEL: Nehmen Sie das Wort „leider" *sofort* zurück, sonst denunziere ich Sie als Mittäter der Reichstagsbrandstifter, Herr Ulrich!

OTTO: Ich nehme das Wort „leider" zurück.

JOSTHINKEL: Um diese Unterredung zum Abschluß zu bringen, wiederhole ich Ihnen also, daß unser Spielplan von nun an von den großen klassischen deutschen Werken, sowie von modernen deutschen Werken mit eindeutig nationalem und politischem Gehalt bestimmt sein wird.

OTTO: Wie Ihre eigenen Stücke, Herr Josthinkel.

JOSTHINKEL: Das ist unwichtig . . . Kunst im absoluten Sinne gibt es nicht, außer in den dekadenten, liberalen Demokratien. Kunst kann nur gut sein, wenn sie im Dienste des Volkes und der Revolution steht.

OTTO *zu Theresa und Magnus:* Mit gewissen Sätzen verhält es sich wie mit der Belladonna – manchmal ist sie ein Heilmittel, das aber in den Händen eines Mörders zu Gift wird . . .

JOSTHINKEL: Der neue Vorstand des Theaters bedauert außerordentlich, daß in seinem Ensemble weder eine jugendliche typisch germanische Darstellerin ist, noch ein Schauspieler, der in der Lage ist, einen großen germanischen Helden zu spielen. Wenn man es recht bedenkt, Herr Gottschalk, ist das ein unhaltbarer Zustand.

MAGNUS: Könnten Sie mir näher erklären, was Sie Sich unter einer jugendlichen, typisch germanischen Hauptdarstellerin vorstellen?

JOSTHINKEL: Es dürfte Ihnen genügen, zu wissen, daß zum Beispiel Ihre Gattin nicht eben eine jugendliche germanische Hauptdarstellerin ist.

MAGNUS: Meine Frau ist überhaupt keine jugendliche Hauptdarstellerin, ob germanisch oder nicht. Sie ist vierzig Jahre alt. Mit vierzig ist man keine jugendliche Hauptdarstellerin mehr! Wo sind wir eigentlich?

JOSTHINKEL: Herr Gottschalk, Sie sollten wissen, daß Sie eines Tages wieder die Leitung dieses Theaters übernehmen könnten, wenn, sagen wir einmal . . . die Wechselfälle des Lebens . . . Sie von Ihrer jetzigen Frau trennen sollten.

THERESA: In einem Wort, Magnus, laß' Dich scheiden und heirate eine jugendliche, typisch germanische Hauptdarstellerin! So einfach ist das – mach' doch keine Affäre daraus!

JOSTHINKEL: Frau von Herzfeld, was Ihren Vertrag angeht, so habe ich noch keine Entscheidung getroffen. Meine Nachforschungen sind noch nicht beendet, aber Ihre Ironie verbessert nicht gerade Ihre Ausgangslage.

THERESA: Wenn da nur meine Ironie wäre . . . Aber wenn Sie erst einmal den Namen meiner Großmutter herausfinden, dann habe ich das Gefühl, daß Ihnen der nicht gefallen dürfte, Herr Generalintendant. Und da ich mich schließlich von meiner Großmutter nicht scheiden lassen kann, ziehe ich es vor Ihnen von mir aus zu kündigen, solange ich mir diesen Luxus noch erlauben kann.

JOSTHINKEL: Na bitte, auf diese Weise gewinnen wir beide Zeit.

MAGNUS *explodiert:* Wo sind denn die Gesetze . . . wo sind die Gesetze, die es verbieten, daß jemand Theaterdirektor ist, weil er eine jüdische Frau hat? Wo sind die Gesetze, die es Theresa von Herzfeld verwehren, Schauspielerin zu sein, weil sie eine jüdische Großmutter hat?

JOSTHINKEL: Gesetze wollen Sie? Geduld, Herr Gottschalk, die werden nicht auf sich warten lassen. Unterdessen kann ich Ihnen bestätigen, daß Ihre Verträge nicht verlängert werden, und daß Sie frei sind. Meine Damen, meine Herren, Heil Hitler! Lorenz, bitte!

Lorenz übergibt jedem seine Papiere.

Wo werden Sie hingehen, Herr Ulrich? Nach Moskau?

OTTO: Nach Moskau? Wieso denn? Ich bin Deutscher und selbst für den deutschen Arbeitslosen, der ich von nun an bin, sind die Zeiten, die wir erleben werden, interessant. Nein, Herr Josthinkel, ich bleibe in Deutschland, wie Sie.

Ende des 14. Bildes

FÜNFZEHNTES BILD

Auf der Eisenbahnbrücke

Alex, Otto, Theresa, die einen schweren Koffer dabei hat.

THERESA: Theresa, hab' ich mir gesagt, man kann nie wissen . . . es gibt keine Diktatur ohne Untergrundbewegungen, keine Untergrundbewegung ohne Flugblätter und keine Flugblätter ohne Druckmaschine. Der Vervielfältigungsapparat ist die Seele der Untergrundarbeit. Also habe ich den Vervielfältigungsapparat des Theaters geklaut. Und Du Otto, was wirst Du tun? . . . Hört mal . . . der Zug nach Berlin!
Ein Zug donnert vorüber.

OTTO *Hendrik nachäffend:* „Ach, Berlin, werd' ich jemals nach Berlin gehen, Theresa . . ."
Sie lächeln sich zu.
Ich weiß es noch nicht. Ich muß ja wie Ihr alle meinen Lebensunterhalt verdienen. Ich hab' ein Angebot, in Wien Shakespeare zu spielen. Zwei Monate. Aber ich habe Angst, aus Deutschland fortzugehen, nachher lassen sie mich nicht wieder hinein. Es wird einen Widerstand geben, da bin ich mir ganz sicher . . . aber im Augenblick . . . alle meine Genossen sind im Gefängnis – ich weiß nicht, wo ich anfangen soll, wen treffen, weiß nicht, was ich tun soll. Was sollen wir denn auf Deine Flugzettel schreiben, Theresa?

ALEX: In den letzten Wochen ist so viel passiert. Stimmt schon, daß man gar nicht dazu kommt, sich zu langweilen. Gestern abend bin ich zu Fuß nach Hause gegangen. Es war genauso schön wie heute abend. Da hab' ich mir gesagt: „Alex, nimm nicht die Tram, geh' zu Fuß nach Hause, genieß' den schönen Abend, es kostet ja nichts!" Ich geh' durch die Ferdinandstraße, komme am Blauen Café vorbei. Ich mach die Tür auf – gerammelt voll mit SA-Leuten; ich die Tür wieder zu und mach' daß ich wegkomm'. Ich komm' hier an; ich hör' einen Zug losfahren. Ich seh' auf die Uhr. Vierzehn Minuten nach Mitternacht. Um Null Uhr vierzehn fährt

ALEX: „In den letzten Wochen ist so viel passiert . . .“

kein Zug von Hamburg ab. Es war ein Güterzug. Er fuhr vorüber. Ich verstand das nicht ... ich bleib' stehn. Da stand ich, der Zug fuhr vorüber, immer schneller, und dann hab' ich verstanden: Schreie kamen aus diesen Viehwagen – da war Zorn, Schmerz und Verbitterung! Ganz starr bin ich dagestanden. Wenn die schreien, dann wollen die auch, daß man sie versteht. Also Alex, bleib' stehen und hör' zu. Ein Waggon nach dem anderen. Da waren welche, die haben ihre Namen und ihre Adressen gerufen. Alex, Alex, merk' Dir diese Namen! Ich hab' die Augen zugemacht ... Von den vielen hab' ich mir vier gemerkt: Holtz, Karl, Stresemannstraße, Fritz Gigah, Chemnitzstraße; Johann Kralik, Katharinenstraße; Hans Gusti – bei dem habe ich die Adresse nicht verstanden. Aber die krieg' ich raus. Und dann war der Lärm vorbei. Da war nur noch die Nacht und der langsam aufziehende Nebel. Ich hab' noch lange gelauscht, lange, bis ich nur noch meinen eigenen Herzschlag hören konnte. Ich bin allein gewesen, vollkommen allein.

OTTO: Vor einem Moment wußten wir noch nicht, was tun, jetzt wissen wir es. Was Du uns da gerade erzählt hast, das muß bekannt werden. Wir müssen den Leuten sagen: Hört zu, da draußen rollen nachts Züge durch Euer Land, hört gut hin – die sind mit Männern und Frauen beladen. Heute sind es Sozialisten und Kommunisten, morgen werden es die Juden sein, und bald werdet Ihr selbst es sein! Baut Barrikaden Genossen, weigert Euch, die Züge zu führen! Weigert Euch, die Kohle zu fördern, die ihre Lokomotiven feuert! Weigert Euch, den Stahl für ihre Schienen zu gießen! Weigert Euch, zu dienen, weigert Euch, zu dienen, Genossen! Theresa, meine Freundin, wo könnten wir hingehen, wenn nicht zu Dir?

Er schultert den Kasten mit der Druckmaschine.

Ende des 15. Bildes

SECHZEHNTES BILD

Im Berliner Theater

Hendrik und Nicoletta sitzen am Schminktisch in ihrer Garderobe.

NICOLETTA: Ich konnte nicht mehr, ich konnte einfach nicht mehr . . . er sitzt da auf der Terrasse, blickt auf die Zypressen und stöhnt. Er stöhnt den ganzen Tag lang: „Nicoletta . . . Nicoletta, bleib' bei mir . . . es ist so grauenhaft . . . ich höre die Schreie derer, die man in Deutschland foltert. Der Wind trägt sie übers Meer . . . Die Folterknechte spielen Grammophon während der infernalischen Prozeduren. Aber ich höre die Schreie . . . man zwingt mich, die Schreie zu hören." Nur solch . . . sentimentales Zeug. Theo ist wunderbar, er ist ein Genie, das weiß ich. Ich liebe ihn, aber er ist ein Träumer. Er lebt außerhalb der Zeit, außerhalb der Realität. Und das ertrage ich nicht.

HENDRIK: All' diese Emigranten, die an ihrem Strand in der Provence die Märtyrer spielen! Soll ich Dir mal was sagen – das sind Deserteure, nichts mehr und nichts weniger. Was können die schon von da unten aus erreichen?

NICOLETTA: Ach, ich konnte nicht mehr, ich konnte nicht mehr – ich habe mir gesagt, du gehst hier ein, meine Kleine, du verwelkst ja. Du bist Schauspielerin, also geh' heim und arbeite, Dicke. Zum Glück warst Du ja da.

HENDRIK: Weißt Du, daß ich im Gespräch bin für . . .

NICOLETTA: Für?

HENDRIK: Einen wichtigen Posten. Ich weiß nicht, soll ich, soll ich nicht . . . es ist alles so schwierig.

NICOLETTA: Aber natürlich solltest Du . . . wenn Du es nicht tust, nimmt ein anderer den Posten, also . . .

HENDRIK: Wäre es besser, ich nähme ihn an?

NICOLETTA: Aber ja! Von einer Machtposition aus wirst Du nützlich sein, Du wirst . . . Leuten helfen können.

HENDRIK: Du meinst, ich könnte verhindern, daß . . .

 NICOLETTA: Genau.

HENDRIK: Woran Du siehst, daß wir die eigentlichen Frontkämpfer sind. Hier, von innen heraus können wir etwas verändern. Nicht von Sanary oder von Cassis aus.
Er erhebt sich.
. . . bist Du soweit, gleich kommt unser Auftritt.

NICOLETTA: Du hast mir nicht einmal gesagt, zu wessen Ehren diese Galavorstellung stattfindet.

HENDRIK: Keine Ahnung. Wahrscheinlich tritt irgendein General in den Ruhestand. Die größten Stars von Deutschland machen heute mit . . . die haben mir sehr zugesetzt, da konnte ich nicht nein sagen.
Er geht auf sie zu.
. . . umarme mich, meine Schöne . . . meine Grausame . . .

Ende des 16. Bildes

[H]ENDRIK: „. . . umarme mich, meine Schöne . . .”

SIEBZEHNTES BILD

Im Hamburger Theater.

JOSTHINKEL *zu Lorenz:* Lassen Sie Hans Miklas hereinkommen.
Lorenz will hinausgehen.
Lorenz, zeigen Sie mir nocheinmal Ihr kleines Spielzeug – es fasziniert mich so.
Lorenz tut das bereitwillig. Er zückt ein kleines Metallrohr, aus dem eine Stahlkugel hervorschnellt, wenn man damit zuschlägt; die Kugel ist an einer Stahlfeder im Innern des Rohrstücks befestigt und kehrt deshalb sofort nach dem Schlag in ihre Ausgangsstellung zurück.

JOSTHINKEL: Und wie nennt sich dieses Ding?

LORENZ: Stahlrute.

JOSTHINKEL: Stahlrute, Stahlrute . . . ein Dichter könnte diesen Namen gefunden haben . . . Leihen Sie es mir doch mal.
Lorenz gibt ihm die Stahlrute, salutiert und geht hinaus. Josthinkel versucht sich in der Handhabung der kleinen Waffe. Hans Miklas tritt ein.

JOSTHINKEL *eine Karteikarte lesend:* Hans Miklas, geboren am 9. November 1903 in Thalburg, als Sohn des Buchhalters Josef Miklas und dessen Ehefrau Hildegard, geb. Breker. Ihr Vater ist 1916 gefallen, ebenso wie Ihr älterer Bruder. Eine Ihrer Schwestern ist verheiratet mit Johann Strepper, von Beruf Fleischer in einem Vorort von Hamburg. Er ist es, der bei Ihrem Parteieintritt im Januar 1923 für Sie bürgt. Sie sind ledig. Sie sind nie im Ausland gewesen, und seit Sie in Hamburg sind, leben Sie in der Pension „Rosa-Monika". Sie haben Sich häufig der SA-Abteilung in Ihrem Stadtviertel für Propaganda-Aufführungen und Lebensmittelverteilung an Arbeitslose zur Verfügung gestellt. Aber Sie sind nie Mitglied der SA geworden. Wissen Sie noch etwas über sich selbst, das mich als Generalintendanten der Theater noch interessieren könnte?

MIKLAS: Ja.

JOSTHINKEL: Was denn? Was wissen Sie denn noch?

OSTHINKEL: „Und wie nennt sich dieses Ding?"

MIKLAS: Nun, zum Beispiel, daß ich Schauspieler bin.

JOSTHINKEL: Ach – ja, sowas! Das ist ja seltsam, das ist hier nicht verzeichnet. *(er schreibt es in die Akte:)* „Hans Miklas, Nationalsozialistischer Schauspieler". Sie haben sich für die Rolle des Schülers in der kommenden *„Faust"*-Inszenierung beworben. Sie werden den Schüler spielen und ich glaube, Ihnen schon ankündigen zu können, daß wir bei dieser Inszenierung die außergewöhnliche Mitwirkung von Hendrik Höfgen haben werden, der den Mephisto spielen wird – eine seiner Glanzrollen. Sie werden der Partner eines großen nationalsozialistischen Schauspielers sein.
Heil Hitler!

Miklas will hinausgehen. Josthinkel ruft ihn zurück.

Aber . . . Moment mal . . . Sie waren ja bereits einmal Mitglied eines Ensembles an diesem Theater und Sie wurden auf Veranlassung von Hendrik Höfgen entlassen. Hans Miklas, kommen Sie doch einen Augenblick zurück, ich bitte Sie. Sehen Sie, vielleicht geht es mir da ein wenig wie Ihnen . . . ich habe meine Zweifel hinsichtlich der Ernsthaftigkeit des Nationalsozialismus von Herrn Höfgen.

MIKLAS: Aber der war doch Kommunist!

Josthinkel notiert alles.

JOSTHINKEL: „Kommunist . . . " Nicht etwa weil er mit dem Kommunismus geflirtet hätte . . . schließlich haben viele Nationalsozialisten in untergeordneten wie auch in höheren Positionen einmal mit dem Kommunismus geflirtet . . . Nein, aber man munkelt da etwas von . . . einer Verbindung mit einer prostituierten Tänzerin – einer Negerin.

MIKLAS: Das war doch am Theater ein offenes Geheimnis . . .

Miklas merkt plötzlich, daß Josthinkel alles notiert.

JOSTHINKEL: Sehen Sie, Hans Miklas, ich hätte an diesem Theater gerne jemanden, der mich über alle derartigen Umtriebe auf dem Laufenden halten könnte . . .

MIKLAS: Ich verstehe nicht, was Sie meinen, Herr Generalintendant. Könnten Sie mir etwas über meine Gage sagen?

JOSTHINKEL: Wissen Sie, mein Junge, die sexuelle Sklaverei, in die einige deutsche Künstler durch die erotischen Tricks jüdischer und schwarzer Frauen geraten, hat etwas Entsetzliches an sich.

MIKLAS: Herr Generalintendant, könnten wir uns über meine Gage unterhalten?

MIKLAS: „Sie haben uns verraten!"

JOSTHINKEL: Ich hätte es daher gerne, daß Sie mein Informant werden, gewissermaßen mein Sittenminister. Wie? Über Höfgen und seine Geliebte haben wir doch genug Material, um ihn in die Enge zu treiben und Sie zu rächen! Nun, mein Kleiner, ich habe viel geredet, jetzt sind Sie an der Reihe.

MIKLAS: Ich suche meine Feinde nicht im Bett auf, und auch nicht auf dem Topf!

JOSTHINKEL: Was meinen Sie damit? Ich befehle Ihnen, das zu erklären!

MIKLAS: Ich meine damit, daß ich, als ich vor zehn Jahren in die Partei eintrat, nicht die Ambition hatte, Ihr Spion zu werden, Herr Generalintendant! Meine Hoffnung war es, die nationalsozialistische Revolution, die Größe Deutschlands und des deutschen Volkes siegen zu sehen. Ich haßte die Juden, weil man mir gesagt hatte, „Wenn keine Juden mehr da sind, gibt es auch keinen Kapitalismus mehr" . . . Jetzt muß ich feststellen, daß zwar viele Juden Deutschland verlassen, das Kapital aber noch nie soviele Privilegien genossen hat wie heute. Ich stelle fest, daß die jüdischen Professoren an den Universitäten Berufsverbot erhalten, daß aber trotzdem nicht mehr Arbeiterkinder an den Universitäten zu finden sind, als vorher! Ich stelle fest, daß die jüdischen Richter ihrer Ämter enthoben werden, daß die Justiz aber die armen Leute genauso peinigt wie früher. Immer noch machen die Großen den Profit und der kleine Mann darf sich mit Versprechungen abfinden. Wenn das kein Kapitalismus ist, so frage ich mich, was ist dann Kapitalismus und ich verlange zu wissen, ob wir unsere Revolution begonnen haben, damit Deutschland nationalsozialistisch wird, oder damit die Theater anstelle von Schauspielern voller Spione sind!! Sie haben uns verraten, Sie haben unseren Zorn in die falsche Richtung gelenkt und jetzt wollen Sie auch noch, daß ich meine Ehre verrate!
Unselig, unselig sind wir!
Was haben wir nur getan, um das Grauen zu verdienen, solche Herren zu haben!!
Lorenz kommt hereingestürzt. Miklas stößt ihn beiseite und rennt wie wild hinaus.

JOSTHINKEL *sich fassend:* Lorenz, folgen Sie diesem Mann. Veranlassen Sie das Nötige, damit er keine Dummheiten macht. Er ist jetzt zu allem fähig – die bolschewistische Propaganda hat ihre Wirkung auf ihn getan.

Lorenz ist im Hinausgehen. Josthinkel hält ihm die Stahlrute hin. Lorenz kommt zurück, um sie an sich zu nehmen, und geht hinaus.

Lorenz! Nehmen Sie dieses Ding wieder an Sich; Sie könnten es vielleicht brauchen.

Ende des 17. Bildes

ACHTZEHNTES BILD

Im Hamburger Theater.

Miklas spielt auf seiner Geige. Efeu und Knurr sind da; Efeu begleitet Miklas auf dem Klavier. Lorenz tritt ein, in den Kulissen sieht man drei weitere Schatten.

MIKLAS *zu Lorenz:* Und jetzt spiele ich auch noch die Musik von jemandem, der der Sohn eines Juden und einer Zigeunerin ist.

KNURR *zu Efeu:* Kommen Sie . . . wir gehen lieber . . .

Efeu hört auf zu spielen und geht langsam, im Schlepptau von Knurr hinaus. Miklas geht, immer weiter auf der Geige spielend, auf Lorenz zu.

Ende des 18. Bildes

NEUNZEHNTES BILD

Auf der Eisenbahnbrücke

Myriam und Magnus.
Magnus hat einen Brief in der Hand.

MYRIAM: Nun, was ist mit diesem Brief?

MAGNUS: Noch so eine Antwort. Vom Kleinen Theater in Dresden: „ . . . da wir uns glücklich schätzen, seit Jahren das Prädikat eines rein deutschen Theaters zu tragen, können wir Ihre Bewerbung nicht berücksichtigen. Jedoch würden wir uns freuen, wenn Sie erneut Kontakt zu uns aufnähmen, sollten es die Umstände Ihnen erlauben, sich von der Verbindung, die Sie im Augenblick belastet, zu befreien, etc. etc. Heil Hitler!"
Was soll's, es sind halt Schwachköpfe, und zwar hoffnungslose Schwachköpfe.

MYRIAM: Schwachköpfe . . . Schwachköpfe . . . der Schwachkopf bist Du, der Schnock, der Meschugge! Warum läßt Du Dich nicht scheiden und machst mich dann zu Deiner heimlichen Geliebten, weißt Du, wie in dem amerikanischen Film, den ich so liebe: „Back streets".

MAGNUS: Myriam, was dieses Thema betrifft, haben wir bereits alles uns zur Verfügung stehende Porzellan zertrümmert. Der Fall ist erledigt . . . aber reg' Dich nicht auf, wir kommen schon durch. Meine Liebe, bisher sind wir noch immer durchgekommen und zwar auf elegante Weise!

MYRIAM: Aber wer regt sich denn auf? Wer regt sich auf? Vielleicht der Bäcker regt sich ein wenig auf . . . die anderen geben uns keinen Kredit mehr, also brauchen sie sich nicht aufzuregen. Der ist nett, der Bäcker . . . vielleicht hat er jüdisches Blut in den Adern, wer weiß? Wenn uns etwas zustößt, man sollte ihm vielleicht einen kleinen Entschuldigungsbrief schreiben . . .

MAGNUS: Wenn uns etwas zustößt, dann werden wir uns nicht obendrein noch den Kopf über den Bäcker zerbrechen! Und außerdem, warum willst Du denn, daß uns etwas zustößt?

MYRIAM: „Nun, was ist mit diesem Brief?"

MYRIAM: Habe ich gesagt, ich *will*, daß uns etwas zustößt? Ich habe gesagt, wenn uns etwas zustößt . . . *wenn . . . uns* . . . mehr habe ich nicht gesagt.

MAGNUS: Mir *allein* könnte durchaus etwas zustoßen, . . . oder Dir ganz allein. Das wäre ja das Schreckliche.

MYRIAM: Genau, das wäre schrecklich. Besser ist, es stößt uns beiden zur selben Zeit etwas zu. Ich verstehe, und Du, Magnus, verstehst Du auch?

MAGNUS: Ja, ja. Ich verstehe.

MYRIAM: Verstehst Du wirklich?

MAGNUS: Willst Du, daß ich etwas Bestimmtes verstehe?

MYRIAM: Etwas Bestimmtes! Wenn man zu jemandem sagt, „Verstehst Du, he, verstehst Du?" Dann bedeutet das doch immer, daß es etwas Bestimmtes zu verstehen gibt, sonst ist es nicht nötig, so darauf zu beharren. Ich will sagen, verstehst Du, was ich verstanden habe?

MAGNUS: Werd' nicht böse, Myriam, ich versteh' ja.

MYRIAM: Ich werde nicht böse . . . Hast Du ein sauberes Hemd an?

MAGNUS: Ja.

MYRIAM: Und Deine Unterhose, ist die ganz sauber?

MAGNUS: MYRIAM!

MYRIAM: Warum Myriam? Warum Myriam? Meine Mutter hat immer zu mir gesagt: „Myriam," hat sie gesagt, „meine Tochter, stell' Dir vor, Du hast einen Unfall auf der Straße und hast eine schmutzige Unterhose an! Welch eine Schande für unsere Familie!"

MAGNUS: Myriam, ich bin blitzsauber!

MYRIAM: Das ist gut, dann bin ich beruhigt.

Schweigen.

Wir haben ein schönes Leben gelebt, Magnus.

MAGNUS: Ja, aber wir waren zu nichts nütze. Wir haben nichts verhindern können.

MYRIAM: Wir haben alles getan, was wir tun konnten. Wer will sagen, wir haben zu nichts genützt? Vielleicht eines Tages, in zwanzig, dreißig oder fünfzig Jahren werden irgendwelche Leute mal erfahren, daß ein deutscher Schauspieler namens Gottschalk es vorzog, sich mit seiner Frau umzubringen, anstatt sie zu verraten, wozu man ihn hatte zwingen wollen. Und sie werden sagen: „Sieh' an, das war ein guter Mann, der auf seine Weise hat nein sagen können" und für einen Augenblick werden sie an uns denken und während dieses Augenblicks werden wir wieder leben, Magnus.

MAGNUS: Ja, vielleicht.

Sie nehmen sich bei der Hand. Sie sitzen auf dem Brückengeländer und lächeln einander zu. In der Ferne pfeift ein Zug.

Ende des 19. Bildes

ZWANZIGSTES BILD

Im Hause Brückner

Sebastian, Erika. Ludwig, Emelyne.

SEBASTIAN: Sie raten uns also, aus Deutschland zu fliehen, Ludwig?

LUDWIG: Ja, Herr Sebastian. Verlassen Sie Deutschland. Alle beide. Besonders Fräulein Erika – wegen ihres bolschewistischen Kabaretts.

SEBASTIAN: Und unser Vater?

LUDWIG: Der soll in der Schweiz bleiben, da wo er ist, im Urlaub. Fräulein Erika, ich bitte Sie, mir zu glauben, wenn ich Ihnen sage, sie sollten schnell abreisen; wenn man Sie erwischt . . .

SEBASTIAN: Ist schon gut, Ludwig. Sie brauchen sich nicht zu beunruhigen. Wir reisen ab. Gehen Sie hinauf, meine Sachen packen.
Ludwig will hinausgehen.

ERIKA: Ludwig, wer hat Ihnen gesagt, daß das ein bolschewistisches Kabarett sei?
Ludwig bleibt stehen, dreht sich um, antwortet nicht und geht hinaus. Emelyne bleibt regungslos zurück.

ERIKA *leise:* Emelyne?

EMELYNE: Ja . . . Erika.

ERIKA: Woran denkst Du?

EMELYNE: Ludwig arbeitet seit vielen Jahren für die. Alles was hier vorging, hat er ihnen erzählt. Aber er hat Sie gern, deshalb sagt er Ihnen, was die vorhaben. Was soll ich nur tun, ich, seine Frau . . . er ist ein lieber Kerl, aber die machen einen tollwütigen Hund aus ihm – manchmal ist er es schon . . .

ERIKA: Komm mit uns . . . wir nehmen Dich mit. Wir gehen nach Amerika.

EMELYNE: Nein, Fräulein Erika, Sie können nicht ganz Deutschland ins Exil mitnehmen. Nein, Sie müssen mich hierlassen. Ich geh' hinauf, die Koffer packen.

ERIKA: Einen kleinen. Ich nehme nur einen kleinen Koffer.

SEBASTIAN: Dieser Alptraum wird schließlich nicht jahrelang dauern.

EMELYNE: Doch ... er wird lange dauern.

Das Telephon klingelt.

ERIKA *am Telephon:* Ja? – Vater? Sebastian ... es ist der Zauberer.

Emelyne versucht ihr anzudeuten, daß die Leitung vermutlich abgehört wird.

ERIKA *deutet an, daß sie das versteht:* Ja ... ja ... Vater. Ruh' Dich noch ein paar Tage aus ... nein ... wir wollten Dich gerade noch besuchen kommen. Morgen? Nur das nicht! Das Haus ist in einem unbeschreiblichen Zustand ... aber doch ... ich schwör's Dir ...

SEBASTIAN *übernimmt:* Und außerdem regnet es – gräßliches Aprilwetter – es schneit sogar ein bißchen! Er sagt, in der Schweiz sei genauso schlechtes Wetter. Hallo, Vater, ich bitte Dich, hör zu – es stürmt! Nein, keine Frühlingsstürme! Er sagt, es sei ihm gleich, er will zurückkommen.

ERIKA *übernimmt, heftig:* Hallo, Papa? Hör mal zu. Komm nicht zurück. Du bist in Deutschland nicht mehr sicher. Und wir auch nicht. Ist das klar? Wir reisen ab. So. Verstanden? Übermorgen sind wir bei Dir. Ich umarme Dich.

Sie hängt ein und geht hinaus. Emelyne folgt ihr. Ludwig ist wiedergekommen. Er trägt einen Koffer. Sebastian holt zwei Cognacgläser. Er schenkt Ludwig und sich selber ein.

SEBASTIAN: Es ist das erste Mal, daß wir einen Schluck zusammen trinken, nicht wahr, Ludwig?

LUDWIG: Ja, es ist das erste Mal.

SEBASTIAN: Aber darauf kommt es jetzt auch nicht mehr an, oder?

LUDWIG: Nein, darauf kommt es jetzt überhaupt nicht mehr an.

SEBASTIAN: Wir haben gar nicht angestoßen, Ludwig. Worauf hätten wir anstoßen können? Es wird Zeit, wir müssen los.

Erika kommt mit Emelyne herein. Er schüttelt Ludwig die Hand, umarmt Emelyne.

LUDWIG: Gute Reise, Herr Sebastian. Und glückliche Zukunft im Ausland, Fräulein Erika.

 ERIKA: Glückliche Zukunft in Deutschland, Ludwig.

LUDWIG: Ich danke Ihnen, Fräulein Erika.

Er trägt die Koffer hinaus. Emelyne folgt ihm.

SEBASTIAN: Nun, wir müssen fort.

ERIKA: „Ein Augenblickchen noch. Mir ist, als hätte ich nie die Wände dieses Zimmers gesehen. Wenn wir fort sind, wird hier keine Menschenseele mehr leben . . . "

SEBASTIAN *umarmt sie:* „Meine Schwester, meine Schwester."

ERIKA: „Oh mein Garten, mein lieber und zärtlicher Garten . . . mein Glück, leb' wohl."

Theresa ist mit einem Koffer hereingekommen.

ERIKA: Theresa, meine Freundin, wir fliehen.

THERESA: Ich auch. Gestern ist Otto zusammen mit Alex von der SA verhaftet worden. Vom Sturmvogel bin nur ich übriggeblieben.

ERIKA: Und ich, Theresa.

SEBASTIAN: Jedes Wort, das wir schreiben, jede Wahrheit, die wir sagen, wird ihnen wehtun, ein kleines bißchen wehtun.

Ende des 20. Bildes

EBASTIAN: „Dieser Alptraum wird schließlich nicht jahrelang dauern . . ."

EBASTIAN: „Wir haben gar nicht angestoßen, Ludwig . . ."

EINUNDZWANZIGSTES BILD

Im Hamburger Theater

Mephisto, gespielt von Hendrik, allein unter dem skandierten Applaus. Josthinkel kommt in Galauniform dazu. Er trägt ein Standmikrophon. Er applaudiert Hendrik. In der anderen Hand hält er ein geöffnetes Telegramm.

JOSTHINKEL *zum Publikum:* Herr Reichsminister, Herr General, meine Damen, meine Herren! Ich werde heute abend vor Ihren Augen eine Indiskretion begehen. Dieses Telegramm hier ist nicht an mich adressiert – nur eine quasi diabolische Intuition hat mich veranlaßt, es zu öffnen – es ist nämlich an unseren großen nationalsozialistischen Schauspieler Hendrik Höfgen adressiert – ich lese es Ihnen vor:
Applaus.
. . . „In Anerkennung der Dienste, die der Schauspieler Hendrik Höfgen der nationalsozialistischen Kunst erwiesen hat, und im Bewußtsein, daß das Ansehen des Theaters unseres Reichs von seinen zukünftigen Triumphen noch vergrößert werden wird, habe ich beschlossen, Hendrik Höfgen zum Generalintendanten der Preußischen Staatstheater zu ernennen . . . " und es ist gezeichnet von ADOLF HITLER, unserem Führer!!!
Applaus. Verbeugungen. Josthinkel holt Nicoletta dazu, die sich neben ihren Mann stellt. Josthinkel rezitiert einen von ihm verfaßten Text.
„Eröffne den Reigen, von den Göttern begünstigtes Paar. Herrscher der Unterwelt, ihr Zaubergeister, führt uns in den Schoß der Erde, in die Urhöhle, in der das Lebensblut wallt, in der die Krieger sich vereinen, die Liebhaber sich töten, in der sich die Schönheit des Todes mit der Liebe zu einem einmaligen Festgelage verbindet."
Applaus.

Plötzlich ist das Theater leer, Hendrik und Nicoletta sind allein. Einen Moment bleiben sie still, wie erstarrt.

OSTHINKEL: „Eröffne den Reigen, von den Göttern begünstigtes Paar . . .“

NICOLETTA: Ziehst Du Dich nicht um? Man erwartet uns im Grand Hotel für den Empfang.

HENDRIK: Ich habe keine Lust hinzugehen.

NICOLETTA: Aber er ist zu Deinen Ehren. Göring kommt auch. Überleg Dir nur, er ist extra nach Hamburg gekommen, um seinen Mephisto zu umarmen und ihn schnell wieder nach Berlin mitzunehmen. Jetzt ist es zu spät, Hendrik, Du kannst nicht mehr zurück. Mach schnell, ich warte im Foyer auf Dich.

Sie geht hinaus.

Plötzlich erscheint eine vertraute Silhouette.

HENDRIK: Wer ist da? . . . Otto? Otto! Mein Bruder! Mein Freund! Du bist da! Aber man hat mir doch gesagt . . .

Er läuft ihm entgegen.

. . . endlich bist Du da, ich bin gerettet!

Vor dem regungslosen Mann, der ihn fixiert, bleibt er abrupt stehen.

. . . aber wer sind denn Sie? Ich kenne Sie nicht! Es ist niemand mehr im Theater! Wer hat Ihnen erlaubt, hierher zu kommen?

Er läuft auf die Bühne zurück. Der Mann folgt ihm langsam. Überstürzt versucht Hendrik, ihm den Zugang zu versperren, was ihm aber nicht gelingt.

. . . was wollen Sie von mir? . . . rühren Sie mich nicht an! Knurr! Zu Hilfe!

ALEX: Aber, aber. Schrei doch nicht so, Herr Intendant. Ich will Dir nur einen Gruß von Otto überbringen.

HENDRIK: Von wem wollen Sie sprechen?

ALEX: OTTO. Erinnerst Du Dich . . . Dein Freund, dein Bruder . . .

HENDRIK: Hören Sie, mein Freund, Sie können mir keine Angst einjagen.
Aber Sie sind hier in Gefahr.

ALEX: Neun Tage lang ist Otto langsam zugrunde gerichtet worden, er hatte am Ende kein Gesicht mehr, sein Körper war nur noch ein Haufen zerschundenen Fleischs und gebrochener Glieder. Nur seine Augen habe ich wiedererkannt. Und trotzdem, obwohl sein Mund voller Blut war, hat er noch, bevor sie ihn zum letzten Verhör geholt haben, stammeln können: „Wenn man dort ist, wo ich jetzt bin, dann täuscht man sich nicht mehr. Ich bin jetzt von unserem Sieg fest überzeugt, fester als je zuvor. Wir werden lange kämpfen müssen, aber wir werden siegen."

HENDRIK: Warum erzählen Sie mir das alles?

ALEX: Damit Deine Freunde von der Regierung es erfahren, damit diese ganze nach Pisse stinkende Bande es aus Deinem Munde erfährt! Otto ist gestorben, ohne auch nur einen einzigen Namen preiszugeben. Im Todeskampf haben sie ihn aus dem Fenster im dritten Stock geworfen. Damit sie für alle Zeiten verflucht sind, nenne ich hier die Namen seiner Mörder: Die SA-Männer Witzke, Möder und Kubik. Hör zu! WITZKE, MÖDER und KUBIK!

HENDRIK: Woher wissen Sie das?

ALEX: Ich war zusammen mit ihm in der Zelle. Nach seinem Tod haben sie mich verlegt und dabei bin ich vom Lastwagen gesprungen.

HENDRIK: Ach, Sie sind also nicht tot, Sie sind entwischt. Sie haben ihn im Stich gelassen!

ALEX: Es ist wahr, ich lebe – zu Deinem Unglück, zu Euerm Unglück. Otto lasse ich niemals im Stich. Sie haben es verboten, zu seiner Beerdigung zu gehen. Weißt Du, wo die *eigentliche* Feier dann stattgefunden hat? In Dachau. Da haben sie die Nachricht von der Frau eines Gefangenen erfahren und da hat dann in der Nacht einer angefangen zu singen, und dann noch einer und dann noch einer . . . 6.000 Gefangene haben Otto gefeiert, ohne daß irgendetwas sie hätte aufhalten können. Niemand wird jemals so für Dich singen, Herr Intendant!

HENDRIK: Keinen Schritt weiter!
Wollen Sie Geld?

Nicoletta ist wieder hereingekommen; Hendrik entreißt ihr die Handtasche.

HENDRIK: Gib mir Geld.
Dieser Kerl bedroht mich.

NICOLETTA: Aber nein, Hendrik, der will kein Geld von Dir. Guten Abend, Alex. Du kommst zu spät, Du kannst uns nicht mehr helfen. Geh' jetzt, wir werden bald Verwesungsgestank verbreiten. Geh' schnell.

HENDRIK: Hauen Sie ab! Oder ich rufe die Polizei! Gehen Sie zum Teufel!

Er bricht in Tränen aus.

Was wollen die von mir? Hilf mir! Beschütze mich!

Alex geht hinaus. Hendrik klammert sich an Nicoletta.

NICOLETTA: Sei still! Wir können nur noch schweigen und uns selbst betrauern. Zieh' Dich an, man erwartet uns.

HENDRIK: Warum verfolgt man mich? Ich habe nichts getan. Was kann ich denn tun? Ich bin doch nur ein ganz gewöhnlicher Schauspieler.

Das Licht erlischt langsam.

Es folgt die Projektion von Bildern eines NS-Konzentrationslagers, dann die Widmung.

Das Lied „Unsterbliche Opfer" erklingt:

Unsterbliche Opfer, ihr sanket dahin.
Wir stehen und weinen, voll Schmerz Herz und Sinn.
Einst aber, wenn Freiheit den Menschen erstand
Und all euer Sehnen Erfüllung fand,
Dann werden wir künden, wie einst ihr gelebt,
Zum Höchsten der Menschheit empor nur gestrebt.

Als Opfer seid ihr gefallen im Streit,
In heiliger Liebe zum Volke,
Ihr wart für die Menschheit zu geben bereit
Die Freiheit und Glück und das Leben.

Dieses Schauspiel ist folgenden Frauen und Männern gewidmet:

HANS OTTO
Kommunistischer Schauspieler. Am 24. November 1933 nach langer Folter durch die SA von der Gestapo in Berlin ermordet.

ERICH MÜHSAM
Anarchistischer Dichter. Im Konzentrationslager Oranienburg gefoltert und am 10. Juli 1934 von der SS gehenkt.

CAROLA NEHER
Schauspielerin. Vor den Nazis in die Sowjetunion geflohen, unter Stalin deportiert, im Jahre 1933 spurlos verschwunden.

KURT TUCHOLSKY
Pazifistischer Schriftsteller und Satiriker. Begeht in der schwedischen Emigration am 21. Dezember 1935 Selbstmord.

ERNST LUDWIG KIRCHNER
Maler. Begeht am 15. Juni 1938 im schweizer Exil Selbstmord.

CARL VON OSSIETZKY
Pazifistischer Journalist. Nach drei Jahren Konzentrationslager am 4. Mai 1938 an den Folgen der Haft gestorben.

WALTER HASENCLEVER
Dramatiker. Stirbt am 22. Juni 1939 im französischen Internierungslager Les Milles an den Folgen eines Selbstmordversuchs.

EGON FRIEDELL
Kulturhistoriker. Begeht beim deutschen Einmarsch in Wien im März 1938 Selbstmord.

ERNST TOLLER
Schriftsteller. Erhängt sich am 22. Mai 1939 im Exil in New York.

CARL EINSTEIN
Dichter. Begeht in einem Internierungslager bei Gurs, Frankreich am 3. Juli 1940 Selbstmord.

WALTER BENJAMIN
Schriftsteller. Begeht am 26. September 1940 an der spanisch-französischen Grenze Selbstmord.

RICHARD OEHRING
Dichter. Begeht 1940 in Holland Selbstmord.

WILLI MÜNZENBERG
Verleger, Schriftsteller, Kommunist, aus der Partei ausgeschlossen; 1940 in Grenoble tot aufgefunden.

HERWARTH WALDEN
Schriftsteller und Kunsttheoretiker. 1941 in der Sowjetunion spurlos verschwunden.

JOACHIM GOTTSCHALK
Schauspieler. Begeht gemeinsam mit Frau und Kind im November 1941 Selbstmord.

JAKOB VAN HODDIS
Dichter. Am 30. April 1942 von den Nazis aus einer Heil- und Pflegeanstalt bei Koblenz deportiert und vergast.

STEFAN ZWEIG
Pazifistischer Schriftsteller. Begeht am 22. Februar 1942 im Exil in Rio de Janeiro Selbstmord.

SHIMON DUBNOV
Historiker. 1942 in einem Konzentrationslager ermordet.

PAUL KORNFELD
Dramatiker. 1942 in einem Konzentrationslager ermordet.

ERNST OTTWALT
Kommunistischer Schriftsteller. Am 24. 8. 1943 in einem sowjetischen Konzentrationslager ermordet.

ALFRED WOLFENSTEIN
Dichter und Kritiker. Begeht am 22. Januar 1945 in Paris Selbstmord.

ERIKA MANN
1905 – 1969. Schauspielerin und Schriftstellerin.

KLAUS MANN
Schriftsteller. Begeht am 21. Mai 1949 in Cannes Selbstmord.

Ende des 21. Bildes

„Für wen schreibe ich?
Diese Chronik der vielen Verirrungen und Wanderungen –
wer wird sie lesen?
Wer wird Anteil nehmen?
Wo ist die Gemeinschaft, an die ich mich wenden könnte? ...
Unser Ruf geht ins Ungewisse, oder stürzt er gar ins Leere?
Bleibt ein Echo aus?
Irgend etwas wie ein Echo erwarten wir doch, und sei es auch nur ein undeutliches, weit entferntes.
Ganz stumm darf es nicht bleiben,
wo so heftig gerufen wurde."

Klaus Mann

ANHANG

LE THEATRE DU SOLEIL – EIN KURZPORTRÄT

1964
Entsteht das Théâtre du Soleil um Ariane Mnouchkine (geb. 1939 als Tochter eines Filmproduzenten russischen Ursprungs und einer englischen Mutter), hervorgehend aus einer Truppe von Schauspielern und Bühnentechnikern, die an der Sorbonne in Paris Theater gemacht hatte – 1961 bereits führt Ariane Mnouchkine zum ersten Mal Regie: *Dschingis Khan* von Henri Bauchau.

1964–65
Die Kleinbürger von Maxim Gorki; Adaptation Arthur Adamov; Regie Ariane Mnouchkine; Bühnenbild Roberto Moscoso. Zuerst aufgeführt im Theater an der Porte de Montreuil in Paris, dann im Théâtre Mouffetard. ca. 3000 Zuschauer.

1965–66
Capitaine Fracasse von Philippe Léotard, nach Théophile Gauthier; Regie Ariane Mnouchkine; Bühnenbild Roberto Moscoso; Kostüme Françoise Tournafond.
Gespielt im Pariser Théâtre Récamier. ca. 4000 Zuschauer.

1967
Die Küche von Arnold Wesker; Adaptation Philippe Léotard; Regie Ariane Mnouchkine; Bühnenbild Roberto Moscoso.
Gespielt im Pariser Cirque de Montmartre. ca. 63.500 Zuschauer.

1968
Ein Mittsommernachtstraum von Shakespeare; Adaptation Philippe Léotard; Regie Ariane Mnouchkine; Bühnenbild Roberto Moscoso; Choreographie Ursula Kubler; Musik Jacques Lasry; Kostüme Françoise Tournafond.
Gespielt im Cirque de Montmartre und in London; 47.000 Zuschauer.

Hinter
den Kulissen der
Cartoucherie

Der Zauberbaum – Jérôme und die Schildkröte von Cathérine Dasté, nach einer Geschichte, die von Schülern aus dem Pariser Vorort Sartrouville erfunden wurde; Regie Ariane Mnouchkine; Bühnenbild Jean-Baptiste Manessier; Kostüme Marie-Hélène Dasté; Musik Jacques Lasry.
Gespielt im Cirque de Montmartre; 47.000 Zuschauer.

1969
Die Clowns; von den Mitgliedern des Théâtre du Soleil gemeinsam erarbeitetes Schauspiel; Regie Ariane Mnouchkine; Kostüme Christiane Candries; Musik Teddy Lasry.
Gespielt im Theater der Stadt Aubervilliers, auf dem Theaterfestival Avignon, sowie im Pariser Theater Elysée-Montmartre. 40.000 Zuschauer.

1970–71
1789; Gemeinsam erarbeitet von den Mitgliedern des Théâtre du Soleil: die Ereignisse der Revolution von 1789. Regie Ariane Mnouchkine; Bühnenbild Roberto Moscoso; Kostüme Françoise Tournafond.
Gespielt in der Pariser Cartoucherie de Vincennes (die ab 1970 ‚Stammhaus' der Truppe wird) und auf Tourneen nach Italien und Berlin(West). ca. 280.000 Zuschauer.

1972–73
1793; Gemeinsam erarbeitet von den Mitgliedern des Théâtre du Soleil; Regie Ariane Mnouchkine; Bühnenbild Roberto Moscoso; Kostüme Françoise Tournafond.
Gespielt in der Cartoucherie de Vincennes; ca. 100.000 Zuschauer.

1974
1789; Verfilmung des gleichnamigen Stücks. Regie Ariane Mnouchkine; Kamera Bernard Zitzermann.

1975
L'Age d'or – Das goldene Zeitalter; Gemeinsam erarbeitet von den Mitgliedern des Théâtre du Soleil: die soziale Wirklichkeit Frankreichs im Jahre 1975, dargestellt mit den Mitteln der Commedia dell'arte. Regie Ariane Mnouchkine; Bühnenbild

Guy-Claude François; Kostüme Françoise Tournafond; Masken Erhard Stiefel.
Gespielt in der Cartoucherie de Vincennes und auf Tourneen. ca. 140.000 Zuschauer.

1977–78
Molière; Zweiteiliger Film (fünfteiliger Fernsehfilm) über das Leben des französischen Dramatikers. Buch und Regie Ariane Mnouchkine; Kamera Bernard Zitzermann; Ausstattung Guy-Claude François (beide erhielten 1978 den 'César' für die jeweils beste Jahresleistung auf ihrem Gebiet in Frankreich); Musik René Clémencic; Kostüme Daniel Ogier.

1979–80
Méphisto. Le roman d'une carrière d'après Klaus Mann
Adaptation und Regie Ariane Mnouchkine; Bühnenbild Guy-Claude François; Kostüme Daniel Ogier; Masken Erhard Stiefel.
Gespielt in der Cartoucherie de Vincennes.

Die ‚Kerntruppe' des Théâtre du Soleil besteht aus 42 Mitgliedern; davon sind zwanzig hauptberuflich Schauspieler, die anderen haben für Bauten, Technik, Beleuchtung usw. zu sorgen, doch sind die Grenzen zwischen den Zuständigkeitsbereichen fließend – viele der ‚Schauspieler' haben nebenher noch Aufgaben in der Pressearbeit oder Verwaltung, andererseits müssen sich einige der ‚Handwerker' auch in kleineren Rollen als Schauspieler versuchen.

Die Bezeichnung ‚Kollektiv' trifft nur für die wirtschaftliche Organisationsform des Theaters zu, nicht aber für die allgemeine Lebensform seiner Mitglieder; nur das Mittagessen in der Cartoucherie wird gemeinsam eingenommen – jeder muß turnusmäßig einmal für die gesamte Truppe kochen, abwaschen, die Toiletten säubern usw. Gleichheit für alle besteht ebenfalls hinsichtlich des Netto-Gehalts von ca. 1800.– DM monatlich.

Alle Mittel des Théâtre du Soleil sind Eigentum seiner Mitglieder; die Verwaltung dieses Eigentums wird von mehrheitlich gewählten Vertretern besorgt – allerdings gibt es seit Gründung

Aus der Probenzeit: Immer wieder wird über den Text diskutiert . . .

nur Schulden zu verwalten, denn die Einnahmen aus Kartenverkauf und staatlicher Subvention stehen in keinem Verhältnis zu den Kosten:

– Die jährliche Subvention beträgt ca. 720.000.– DM
– Eintrittskarten kosten zwischen 7.50 und 15.– DM

Die Verschuldung lag Anfang 1980 bei ca. 850.000.– DM, sie wird auch nach Abschluß der finanziell erfolgreichen Mephisto-Produktion noch immer ca. 170.000.– DM betragen.

Nicht nur aus Kostengründen ist es eines der Grundprinzipien des Théâtre du Soleil, alles selber herzustellen, ganz gleich, ob Bühnenbauten, Scheinwerfer oder Kostüme – wird z.B. ein Orchester gebraucht, engagiert man nicht etwa die entsprechenden Musiker, sondern lernt eben selber, die Instrumente zu spielen – playback gilt hier nicht . . . Diese Produktionsweise kostet viel Zeit: zehn Monate dauerte die Arbeit am Bühnenbild (und verschlang insgesamt rund 1,7 Millionen DM), sie begann im Juli 1978; als einige Wochen später die Probenarbeiten anliefen, standen lediglich die Rollenverteilung und ein grobes Konzept für das Stück fest – ein geschriebener Text existierte noch nicht; er wurde erst im Januar 1979 vollendet und dann immer wieder der Truppe zur Diskussion gestellt und modifiziert. Noch drei Tage vor der angesetzten Premiere wurde eine Szene, an der man seit sieben Monaten gearbeitet hatte, gestrichen und durch eine spontan neugeschriebene ersetzt. So verschob sich der Premierentermin immer wieder, mit der Folge, daß während der letzten drei Probenmonate ohne Gehalt gearbeitet werden mußte, da die Banken sich weigerten, weiterhin Kredit zu geben . . .

Ohne die Kredite kann die Truppe auf die Dauer nicht überleben, da sie immer nur an einer einzigen Produktion arbeitet; das bedeutet: während der Vorbereitung einer Produktion wird nichts verdient, es muß unter Zeitdruck gearbeitet werden, um wieder verdienen zu können. Es ist ein Teufelskreis, der das Théâtre du Soleil zum Erfolg zwingt; im Fall des „Mephisto" hat sich dieser Erfolg mit bisher rund 100.000 Zuschauern und Tourneeverträgen nach Belgien, Frankreich, Italien und Deutschland auch wieder eingestellt.

L.K.

LITERATURHINWEISE

Folgende Werke haben eine wichtige Rolle bei der Entstehung des Textes gespielt:

Allen, W.S.	*Une petite ville nazie* éd. R. Laffont
Dessare, Eve	*Les Sacrifiés* éd. O. Orban
Mann, Klaus	*Der Wendepunkt, Ein Lebensbericht* Edition Spangenberg
Mann, Thomas	*Briefe* S. Fischer
Palmier, Jean-Michel	*L'Expressionisme comme révolte* éd. Payot
Richard, Lionel	*Le nazisme et la culture* éd. Maspero
Serge, Victor	*Le Tournant obscur* éd. Albarros
Trepte, Curt	*Hans Otto, Schauspieler und Revolutionär* Henschelverlag, Berlin (DDR)
Tucholsky, Kurt	*Gesammelte Werke* (10 Bde.) rororo
Valentin, Karl	*Alles von Karl Valentin* Piper
Valentin, Karl	*Karl Valentins Filme* Piper

BILDNACHWEIS

Christina Haberlik Seite 29 unten, 85 oben
Lorenz Knauer Seite 29 oben, 33, 52, 53, 55, 81, 85 unten, 140, 141, 144, 145
Michèle Laurent Seite 19, 21, 25, 35, 41, 43, 45, 57, 61, 67, 69, 73, 75, 79, 89, 91, 95, 97, 99, 101, 105, 109, 111, 113, 117, 119, 123, 127, 130

Für ihre freundliche Unterstützung bei der Entstehung des Stücks dankt das Théâtre du Soleil neben vielen anderen insbesondere:

Frau Mary Meerson und dem Pariser Filmmuseum
Dem Münchner Filmmuseum
Dem Klaus Mann Archiv der Stadt München
Herrn François Duplat
Herrn Fabiani
Herrn José Guinot
Herrn Jean-Michel Palmier
Herrn Lionel Richard
Herrn Berthold Spangenberg

Klaus Mann-Werkausgabe

Einzelbänden · Herausgegeben von Martin Gregor-Dellin

Neu im Herbst '80

oher wir kommen und wohin wir gehen
ihe und nachgelassene Schriften. Ca. 300 Seiten. Ca. DM 36,– ISBN 3-7707-0202-6

benteuer des Brautpaars
e Erzählungen. Mit einem Nachwort von Martin Gregor-Dellin. 280 Seiten. DM 28,– ISBN 3-7707-0199-2

ndré Gide und die Krise des modernen Denkens
5 Seiten. Namensregister. DM 28,– ISBN 3-7707-0188-7

riefe und Antworten
ände. Band I (1922–1937). Band II (1937–1949). Insgesamt 890 Seiten. 362 Briefe und 99 Antwortbriefe
a. von Bruno Frank, Hermann Hesse, Hermann Kesten, Heinrich Mann, Thomas Mann,
dwig Marcuse, Alfred Neumann, Bruno Walter und Stefan Zweig. Enthält von Golo Mann ein Vorwort
d einen Aufsatz „Erinnerungen an meinen Bruder Klaus". Editorische Nachberichte, biographische
nweise, Anmerkungen, Briefverzeichnisse und Gesamtnamensregister. DM 100,– ISBN 3-7707-0198-4

ucht in den Norden
man. Mit einem Nachwort von Martin Gregor-Dellin. 292 Seiten. DM 28,– ISBN 3-7707-0201-8

eute und Morgen
hriften zur Zeit. Mit Anmerkungen, Bibliographie und einem Nachwort von Martin Greogor-Dellin.
4 Seiten. DM 28,– ISBN 3-7707-0189-5

nd dieser Zeit
e Autobiographie. Mit einem Nachwort von William L. Shirer. 264 Seiten. DM 19,80 ISBN 3-7707-0190-9

ndernovelle
t einem Nachwort von Hermann Kesten. 127 Seiten. DM 16,80 ISBN 3-7707-0191-7

üfungen
hriften zur Literatur. Mit Anmerkungen, Bibliographie und einem Nachwort von Martin Gregor-Dellin.
2 Seiten. DM 28,– ISBN 3-7707-0193-3

mphonie Pathétique
n Tschaikowsky-Roman. Herausgegeben und mit einem Nachwort von Martin Gregor-Dellin.
3 Seiten. Leinen DM 28,– ISBN 3-7707-2527-1

er Vulkan
man unter Emigranten. Mit einem Nachwort von Martin Gregor-Dellin, Klaus Manns Exilromane.
5 Seiten. DM 32,– ISBN 3-7707-0194-1

er Wendepunkt
Lebensbericht. 598 Seiten. Namensregister. DM 32,– ISBN 3-7707-0195-X

ition spangenberg *Alle Bände Leinen mit Schutzumschlag* **im Ellermann Verlag**

edition spangenberg

e

ellermann verlag